Sehnsucht nach Spaghetti

...und dem Duft des wilden Jasmin

Bibliografische Information der Deutschen Nationalbibliothek .
Die Deutsche Nationalbibliothek verzeichnet diese Publikation
in der Deutschen Nationalbibliografie; detaillierte bibliografische
Daten sind im Internet über http://dnb.d-nb.de abrufbar.

Impressum
2018

© Autor: Syna Ester
© Cover: Syna Ester

Herstellung und Verlag
BoD- Books on Demand, Norderstedt

ISBN: 978 375 283 908 1

Die Liebe
ist das kostbarste
auf dieser Welt,
denn sie beginnt dort,
wo die Einsamkeit
des Einzelnen aufhört.

Das sollte es also für die nächsten Jahre sein. Nicolos Augen füllten sich mit Tränen als er sich in dem kleinen Zimmer umsah, das er zusammen mit fünf anderen Männern teilte. Drei Etagen-Betten, sechs alte Stühle, ein Tisch, an dem sie nicht einmal alle gemeinsam Platz hatten um gemeinsam zu essen und zwei kleine Metallschränke, die sie sich teilen mussten. Eine nackte Glühlampe hing von der Decke und eine Dusche gab es nur auf dem Flur. Nicht einmal eine richtige Küche gab es hier in der Unterkunft, welche ihnen von der Fabrik zugeteilt wurde. Sie mussten ihr Essen auf einer kleinen Kochplatte zubereiten, denn eigentlich war es sogar verboten, dort zu kochen. Sie sollten in der Kantine der Fabrik essen, aber das tat keiner von ihnen, es schmeckte so ganz anders als zu Hause. Das schlimmste aber war, dass sie nach 22.00 Uhr nicht mehr raus gehen konnten. Die Unterkunft befand sich auf dem Fabrikgelände und die Tore wurden pünktlich um 22.00 Uhr geschlossen. Sie fühlten sich alle wie eingesperrt und dachten voller Sehnsucht an zu Hause. Zu Hause, das war im fernen Calabrien und auf Sizilien. Dort, wo der Himmel so blau, die Sonne so heiß, das Meer so endlos und der Ätna ab und an rumort und einen Gruß in den Himmel schickt.

Vor allem, war die Liebe dort zu Hause, die Liebe der Familie, der Ehepartner und der Freunde. Das alles hatten sie hinter sich gelassen, um in diesem Zimmer zu vegetieren. Sein Herz schmerzte, als er an die Heimat dachte und er hielt seine Tränen nicht mehr zurück. Verzweifelt ließ sich er sich auf einem der Stühle nieder. Seine Gedanken wanderten in die ferne Heimat, zu Maria, seiner Frau, die er erst vor 4 Wochen geheiratet hatte und nun bereits verlassen musste. Er hatte ihr tränennasses Gesicht vor Augen und spürte ihre Arme, die ihn beim Abschied umklammerten. Er hatte sich förmlich von ihr losreißen müssen um in letzter Minute noch in den Zug zu springen. Das dröhnen der Lokomotive schmerzte in seinen Ohren, als der Zug sich in Bewegung setzte.

Er schaute nicht mehr aus dem Fenster. Der Zug fuhr aus dem Bahnhof und Nicolo sah, dass in seinem Abteil lauter so junge Burschen wie er saßen. Er stellte sich vor und schnell kamen sie ins Gespräch. Dabei stellte sich heraus, dass alle diese Männer dasselbe Ziel hatten wie er und keiner wusste, wohin genau die Reise ging und was sie erwartete.. Sicher wussten sie alle, dass die Fahrt nach Deutschland, nach Hamburg gehen sollte und sie dort in einer Fabrik Arbeit bekommen würden, aber genaueres war keinem bekannt.

Nun, es wird schon nicht so schlecht dort

sein, denn das wenige, das sie bereits über Deutschland wussten, war doch eigentlich positiv.

So vertrieben sie sich die Zeit mit lustigen Sprüchen, Geschichten und dem Gesang von Liedern aus ihrer Heimat. Sie teilten ihr Essen und die Getränke miteinander und waren guter Dinge; jedenfalls ließ keiner der Männer sich anmerken, dass sich ein flaues Gefühl in der Magengrube breit gemacht hatte und, je weiter sie sich von ihrer vertrauten Umgebung entfernten, desto mehr rumorte es in ihnen und umso inbrünstiger sangen sie ihre Lieder.

Nicht nur sie sangen......

Auch in den anderen Abteilen wurde gesungen und der mitgebrachte Rotwein heizte die Stimmung noch zusätzlich an. Franco, ein Mitreisender aus seinem Abteil meinte, alle sollten zusammen singen und schon war er raus aus unserem Abteil um dieses den anderen Reisenden zu verkünden. Er öffnete die Türen der einzelnen Abteile und sein Ansinnen zu verkünden. Als er zu uns zurück kam, sagte er, dass sie alle dasselbe Ziel hatten:

Germania – Amburgo

Wir fuhren zwar mit dem Zug, aber wir saßen alle in demselben Boot.
Sie hatten eine lange Fahrt vor sich..
Zuerst bis Rom und dann umsteigen in den Zug, der sie direkt nach Hamburg brachte. Endlose Stunden durch fremde Landschaften und je weiter sie nach Norden kamen, desto weniger schien die Sonne und so warm wie zu Hause war es auch nicht mehr. Sie fröstelten in ihren dünnen Sommerhemden. Die Stimmung sank immer mehr.
Frierend, müde und erschöpft saßen sie auf ihren Plätzen. Einige versuchten etwas zu schlafen, andere rauchten draußen auf

dem Gang; es wollte keine gute Stimmung
mehr aufkommen.

Nach 24 Stunden erreichten sie ihr Ziel.

Wie grau es hier aussah und alles war nass
vom Regen....

Aus dem Lautsprecher klang eine
blecherne Stimme und verkündete:

Hamburg-Hauptbahnhof

Alle Fahrgäste bitte aussteigen, der Zug
endet hier.

Sie hatten die Durchsage nicht verstanden,
da alle ausstiegen, nahm jeder seinen
kleinen Pappkoffer und sie stiegen aus
dem Zug.

Da standen sie nun auf dem Bahnsteig,
diese braun gebrannten, schwarz gelockten
Männer in ihren Sommer-Hemden in allen
Farben; ein jeder mit seinem Pappkoffer
und harrten der Dinge die da kommen.

Sie sollten abgeholt werden hatte man
ihnen gesagt. Also warteten sie dort, wo
sie ausgestiegen waren. Es war ihnen

nicht wohl in ihrer Haut und sie bemerkten schon die Blicke der Menschen, die an ihnen vorbei gingen. Freundlich sahen sie nicht aus, die Menschen hier auf diesem Bahnsteig und der eine und andere drehte seinen Kopf nach ihnen um und fing an zu tuscheln mit seiner Begleitung. Nicolo fühlte sich sichtlich unwohl und wäre am liebsten in den nächsten Zug Richtung Heimat gestiegen.

So, wie ihm, erging es auch den anderen, sie fühlten sich sehr unbehaglich in dieser Situation.

Doch ihr warten nahm ein plötzliches Ende, als zwei Männer und eine Frau sich der Gruppe näherten. Der eine Mann sprach sie auf italienisch an, stellte ihnen die beiden anderen Personen vor und erklärte ihnen den weiteren Verlauf.

Sie sollten den Dreien folgen; es waren Mitarbeiter der Fabrik in der sie ab nun arbeiten sollten. Jeder nahm seinen Koffer

und die Gruppe setzte sich in Bewegung.
Sie nahmen die Treppe, denn eine
Rolltreppe war den meisten unbekannt
und es war ihnen nicht geheuer sie zu
benutzen. Vor dem Bahnhof warteten
bereits zwei Busse auf die Männer um sie
zu dem Fabrikgelände zu fahren. Das
Gepäck wurde verstaut und alle nahmen
im Bus Platz. Während der Fahrt wurde
ihnen erklärt, was sie rechts und links zu
sehen bekamen. Die neuen Eindrücke
prasselten nur so auf sie herab und sie
kamen aus dem staunen nicht mehr
heraus. Viele von ihnen waren niemals
zuvor in einer Stadt und konnten kaum
glauben was sie sahen.
Sie sahen auch die jungen Mädchen und
Frauen die durch die Straßen spazierten.
Bei ihrem Anblick schlug manch einem das
Herz höher, denn nicht alle waren bereits
verheiratet und so witterten sie -Amore-
Für einen kleinen Moment vergaßen sie

ihre angst vor dem, was auf sie zukommen wird.

Nach einer knappen halben Stunde hatten sie ihr Ziel erreicht. Zwei riesige graue Gebäudekomplexe lagen vor ihnen, deren Eingänge durch Eisentore gesicherten waren. Hier sollten sie also arbeiten. Der Pförtner öffnete das Tor und die Busse fuhren hinein. Dann hieß es aussteigen, sein Gepäck nehmen und den drei Vertretern der Fabrik zu folgen. Sie gingen auf eines der grauen Gebäude zu und der Mann, der italienisch sprach, erklärte ihnen den weiteren Verlauf. Als erstes sollten sie Gruppen zu je 6 Personen bilden, da dieses für die Zimmerbelegung erforderlich war. Nicolo sah sich nach seinen Gefährten aus dem Zugabteil um. Es war naheliegend, das Zimmer mit ihnen zu teilen, da sie auf der langen Fahrt zu Freunden wurden. Er sah, dass auch Franco, der in dem Zugabteil neben ihm saß, sich suchend umblickte. Schnell ging er zu ihm hin und zu zweit schauten sie nun nach den anderen. Diese hatten Franco und Nicolo bereits entdeckt und eilten schnellen Schrittes zu ihnen. Sechs Fremde, die auf Grund derselben Lage, zu Freunden wurden.

„Achtung", ertönte eine Stimme, „jede Gruppe bekommt jetzt von mir ihre Schlüssel auf denen die Zimmernummer steht, zugeteilt. Bitte suchen sie unverzüglich ihre Zimmer auf und richten sich dort ein. In einer Stunde werde ich sie abholen und ihnen weitere Instruktionen geben. Wasser und Obst sind in ihren Zimmern vorhanden."

Nach diesen Worten überließ er sie sich selbst und ging.

Jede Gruppe suchte nun nach ihrem Zimmer und ging hinein.

So war es.......

Nicolo saß noch immer auf dem Stuhl und hatte seinen Kopf auf seine Arme auf der Tischplatte gelegt. Die Tränen wollten nicht versiegen und so bemerkte er auch nicht, dass Franco zur Tür herein gekommen war. Erschüttert über den traurigen Anblick des Freundes wagte dieser nicht zu sprechen oder sich bemerkbar zu machen.

Was sollte er tun? Ihm ging es doch auch nicht anders. Nur, dass er keine Ehefrau in der Heimat zurück ließ; aber das Herz war auch ihm sehr schwer.

Eine Weile stand er nur so da, aber dann ging er zu Nicolo und legte ihm sanft die Hand auf die Schulter. Nicolo erschrak und wischte sich schnell mit dem Ärmel die Tränen vom Gesicht. Er blickte Franco an und sagte: ,,Ich fühle mich wie tot; als ob mein Herz aufgehört hat zu schlagen."

Franco nickte; er verstand nur allzu gut, was Nicolo damit gemeint hat.

„Nicolo, höre mir bitte einmal zu", sagte Franco, „ich habe eben draußen einige Landsleute getroffen und die haben mir von einem Treffpunkt erzählt. Es ist ein Eis Café, das Rialto, in dem treffen sich unsere Landsleute täglich. Es wäre doch eine Möglichkeit für uns jemanden aus unserem Dorf dort anzutreffen, was meinst du?" fragte Franco.

Franco brauchte sehr viel Überredungskunst um Nicolo dazu zu bewegen, mit ihm zum Rialto zu gehen. Dort angekommen, hörten sie bereits vor der Tür vertraute Worte und sie gingen hinein. Sie grüßten freundlich und setzten sich an einen der kleinen Tische. Viele Worte drangen zu ihnen herüber, denn Italiener sprechen nun einmal etwas lauter miteinander. Ein wenig wie zu Hause dachten beide und lauschten den Gesprächen ihrer Landsleute. Eine junge Italienerin kam zu ihnen an den Tisch und

fragte, ob sie etwas bestellen möchten.
Aber die beiden reagierten nicht.

„Ihr seid neu hier angekommen?" fragte
sie. Woher seid ihr, aus welchem Ort?"
Jetzt endlich hatten Franco und Nicolo die
junge Frau registriert und beantworteten
ihre Fragen. Sie hieß Stella und die beiden
stellten sich ihr vor. Stella hieß sie herzlich
willkommen und verkündete es sogleich
lautstark, dass wieder zwei Neue aus der
Heimat angekommen sind. Italiener sind
freundliche, offene Menschen und so war
es nicht verwunderlich, dass sich alle um
Nicolo und Franco versammelten und
Fragen über Fragen auf sie hernieder
prasselten. Jeder wollte etwas anderes von
den beiden wissen und im Nu, fühlten
Franco und Nicolo sich, als ob sie zu Hause
auf der Piazza wären. Bereitwillig
beantworteten sie alle Fragen und als sie
erfuhren, dass auch zwei, drei Landsleute
aus der Nähe ihres Heimatortes waren,

da gab es kein halten mehr. Die beiden erzählten und erzählten, denn schließlich wollten alle wissen, was zu Hause los ist. So vergingen die Stunden. Es wurde viel geredet, gelacht und die Lieder, die von einem Band kamen, laut mitgesungen. Der Espresso schmeckte wie daheim und für eine Weile vergaß sogar Nicolo seine trüben Gedanken. Von nun an wollte er so oft er konnte, in das Rialto gehen um unter seinesgleichen zu sein. Auch Franco war dieser Meinung und sie beschlossen, es den anderen in ihrem Wohnheim zu sagen. Franco mahnte zum Aufbruch, denn es war bereits 21.30 Uhr und sie mussten vor 22.00 Uhr zurück sein.

Guter Laune machten sie sich auf den Weg; sie schafften es gerade noch rechtzeitig, denn hinter ihnen wurde das Tor abgeschlossen.

Was der Pförtner ihnen nachrief, verstanden sie nicht, aber freundlich hatte es nicht gerade geklungen.

Sofort, nachdem sie ihre Unterkunft betreten hatten, trommelten sie alle anwesenden zusammen und berichteten ihnen von Rialto und was sie heute erlebt hatten. Große Freude war in den Augen der Mitbewohner zu sehen und sie beschlossen, sobald sie konnten, das Café aufzusuchen, denn auch ihnen fehlte die Heimat, der Kontakt mit Landsleuten.

Eine arbeitsreiche Woche war nun bereits vergangen und es war Samstag. Heute brauchten sie nicht zu arbeiten; nur alle 14 Tage auch am Samstag. Nicolo und die anderen waren in ihrem Zimmer und warteten darauf, dass ihnen die Post gebracht wurde. Bis dahin vertrieben sie sich die Zeit bei einem Kartenspiel. Es dauerte nicht lange und ihr warten hatte ein Ende. Gespannt durchsuchte jeder den kleinen Stapel Briefe. Ein Gruß aus der

fernen Heimat von den Lieben. Sie alle
warteten sehnsüchtig darauf, zumal es das
erste Mal wäre, dass einer von ihnen Post
bekam, seit sie von zu Hause fort waren.
Nun war Nicolo an der Reihe und
tatsächlich, ein Brief von seiner Liebsten,
Maria hatte ihm geschrieben.
Mit zitternden Fingern öffnete er den
Brief und begann zu lesen. Was er las,
trieb ihm die Tränen in die Augen......
Maria hatte geschrieben, dass sie beide ein
Kind erwarten.
Bei seiner Abfahrt hatte noch keiner von
ihnen an diese Möglichkeit gedacht und
nun bekam er diese frohe Botschaft. Ihm
wurde fast schwarz vor Augen und wusste
nicht, ob er lachen oder weinen sollte.

Wie war es noch vor einiger Zeit, als er
zu Hause war in seinem kleinen Dorf?
Nicolo wirbelten die Gedanken nur so
durch den Kopf.

Maria und er kannten sich bereits aus Kindertagen. Ihre Familien wohnten dicht beieinander und sie spielten jeden Tag zusammen. Mit den Kindern des Dorfes. Eine kleine heile Welt; sie wuchsen behütet und geliebt auf.

Als sie größer wurden, ging jeder seiner Wege. Sie grüßten sich zwar immer freundlich wenn sie einander sahen, aber die gemeinsame, unbeschwerte Zeit war vorbei. Jungen und Mädchen gingen ab einem gewissen Alter getrennter Wege. So war es immer und niemand dachte oder empfand etwas dabei. Alles hatte seine Ordnung.

Nach der gemeinsamen Schulzeit hatte Nicolo das Glück, bei seinem Onkel in der einzigen Taverne des Dorfes, als Kellner zu arbeiten und Maria half den Frauen bei der täglichen Arbeit.

So vergingen einige Jahre bis sich plötzlich alles veränderte.

Es war Mai, die Sonne lachte vom Himmel und die Tage waren warm und lang. Das Leben spielte sich meistens vor den kleinen ab und Nachbarn tratschten miteinander. Die Wäsche wurde gemeinsam im Flussbett gewaschen und einmal in der Woche wurde ein Feuer im großen Ofen des Dorfes angezündet, wo alle Familien ihr Brot backen konnten. Die Frauen trugen den vorbereiteten Brotteig auf einem Holzbrett auf dem Kopf. Lustig sah es aus, als ob alle riesige Hüte mit Teig hätten. Das Schauspiel wiederholte sich Woche für Woche. Schon die Mütter und Großmütter hatten es so gemacht. Es war mühsam, aber wenn alles Frauen so um den Ofen herum saßen,dann wurde geschnattert über Gott und die Welt. Eine Welt, die für alle hier Lebenden, enge Grenzen hatte und doch fühlten sich niemand eingeengt. Es war ihr kleines Dorf, wo jeder jeden kannte, man sich gegenseitig half und füreinander da war, wenn jemand in Not war. Sie lebten in Frieden miteinander, denn die kleinen Unstimmigkeiten, die auch hier vorkamen, wurden schnell wieder belegt.

Doch an diesem Tag war alles anders. Schon seit zwei Tagen hatten die Frauen Brot gebacken und immer noch nahm es kein Ende. Der Grund dafür war, dass eine Hochzeit stattfinden sollte und das ganze Dorf feierte mit. Es gab eine Unmenge an Vorbereitungen und alle waren emsig beschäftigt und in Aufregung; es gab seit Tagen kein anderes Gesprächsthema mehr, alles drehte sich nur noch um die Hochzeit. Ein Wunder war es ja auch nicht, denn, was passierte ansonsten schon im Dorf. Ab und an eine Taufe, eine Hochzeit, eine Beerdigung, der Gang am Sonntag in die Kirche, Geburtstage und Namenstage und einmal im Jahr eine Prozession.

Ein Kino gab es nicht und Theater oder

ähnliches auch nicht, was Abwechslung in ihr Leben gebracht hätte. Da es niemand kannte, waren sie alle zufrieden mit dem, was geboten wurde.

Unermüdlich waren die Frauen am backen und ihr fröhliches Lachen war weithin zu hören.

Am Abend kamen die Männer vorbei um die fertigen Brote zur Kirche zu bringen, denn die Hochzeitsfeier sollte direkt auf der Piazza neben der Kirche stattfinden. Nur noch zwei Tage und das große Fest nahm seinen Anfang. Oh, zu feiern, das verstanden sie gut. Drei Tage lang wurde Musik gemacht, getanzt, gesungen und gegessen. Es waren unvergessliche Feste von denen sie später noch ihren Enkeln erzählen konnten.

Drei Tage später........
Die Trauungszeremonie war vorbei und überglücklich verließ das Brautpaar die

Kirche. Sie gingen gemeinsam mit allen Hochzeitsgästen die wenigen Schritte bis zur Piazza wo das Fest stattfand. Wie wunderschön die Braut aussah in ihrem besticktem weißen Hochzeitskleid, wie eine Märchenprinzessin aus Tausend und einer Nacht und auch der Bräutigam sah in seinem schwarzen Anzug aus, wie Adonis persönlich. So manchem liefen die Tränen über die Wangen beim Anblick des jungen Paares.

Alle setzten sich und der Brautvater ergriff das Wort. Es war eine lange, gefühlvolle Rede, die nur ab und zu durch ein schluchzen und schniefen unterbrochen wurde. Ja, nicht alle Tage gibt man seine einzige Tochter in die Arme eines Mannes und wie wohl viele Väter dachte auch er...ein wenig hätte sie noch warten können, sie ist doch noch so jung, meine Kleine...

Dabei vergaß er völlig, dass seine Tochter

bereits eine junge Frau von 23 Jahren war und sehr viele Mädchen in dem Alter schon einige Jahre verheiratet waren und bereits Kinder hatten.

Aber für ihn blieb sie seine Kleine, egal, wie alt sie war. Wie schön und glücklich sie aussieht dachte er, als er zu seiner Tochter blickte. Sein Blick fiel auf den Schwiegersohn. Eigentlich mochte er ihn ja, schließlich kannte er ihn seit seiner Geburt, aber nun als Ehemann seiner Tochter sah er ihn mit anderen Augen. Im stillen dachte er, ich werde dich töten, wenn du meine Kleine unglücklich machst und sie deinetwegen Tränen vergießt.

Zum Glück konnte niemand die Gedanken hinter seiner Stirn lesen. und das war auch gut so.

Heute war ein Freudentag....

Gerade wollte er noch einmal ansetzen, um das Schlusswort zu sprechen, als mit einem ohrenbetäubenden Klang die

Kirchenglocken zu bimmeln anfingen und die konnte selbst der Brautvater mit seiner markanten, vollen Stimme nicht übertönen. Alle lachten und machten sich nun über die dargebotenen Speisen und Getränke her. Leise Musik erklang und die Stimmung war ausgelassen und fröhlich. Nach dem alle gegessen hatten, kamen die Musiker und spielten zum Tanz auf. Zuerst tanzte das Brautpaar seinen Hochzeitstanz und danach fanden sich immer mehr Paare die das Tanzbein schwingen wollten. Auch Nicolo schaute sich nach einer Tanzpartnerin um und sein Blick fiel auf Maria. Wie wunderschön sie ist dachte er bei sich, so habe ich sie noch nie gesehen. War sie doch die vertraute Kameradin aus Kindertagen. Er schaute noch einmal zu ihr hinüber und beschloss, Maria um den Tanz zu bitten. Erstaunt blickte Maria zu ihm auf, als er um diesen Tanz bat. Aber sie freute sich über seine Bitte, denn schon lange hatte sie heimlich ein Auge auf Nicolo geworfen. Ihr war es nicht entgangen, dass aus dem Spielgefährten von einst, ein schöner junger Mann geworden war, der den Mädchen im Dorf sehr gefiel. Schon oft hatte Maria daran gedacht, wie es wohl wäre, wenn Nicolo sie endlich als junge Frau ansehen würde. Ihr Herz klopfte, als sie sich vom Stuhl erhob um mit Nicolo zu tanzen. Sanft nahm er ihre Hand und legte er seinen Arm um ihre Taille um sie beim tanzen zu führen. Maria fühlte sich wie im siebten Himmel und sie hoffte inständig, dass Nicolo nicht spüren konnte, wie ihr Herz pochte.

Aber jeder Tanz hat einmal ein Ende. Nicolo brachte Maria zurück an den Tisch an dem auch ihre gesamte Familie saß. Er bedankte sich bei Maria für den Tanz, wünschte allseits einen schönen Abend und ging zurück an den Tisch zu seinen Leuten. Aber Maria ging ihm nicht aus dem Kopf.

Nachdem die Feierlichkeiten beendet waren und alles wieder seinen normalen Gang ging, vertraute sich Nicolo in einer ruhigen Minute, seiner Mutter an. Diese hörte ihrem Sohn aufmerksam zu, als er ihr von Maria erzählte und, dass er sich gut vorstellen könnte, Maria zur Frau zu nehmen. Alt genug zum heiraten waren ja beide, dachte seine Mutter bei sich und sie freute sich über die Wahl ihres Sohnes. Sie führten ein langes Gespräch mit dem Ergebnis, dass Nicolo es heute Abend, wenn alle am Tisch saßen, es zur Sprache bringen sollte. Die ganze Familie sollte erfahren, welchen Gedanken Nicolo hatte und, dass er beabsichtigte Maria zu heiraten; vorausgesetzt, sie und ihre Familie waren damit einverstanden. Er freute sich, dass seine Mutter mit ihm einer Meinung war und nur gute Worte zu einer eventuellen Verbindung gesagt hatte. Der Abend kam und die Familie fand sich am großen Tisch in der Küche ein. Wie immer gab es ein heilloses Durcheinander, als ob nicht genügend Stühle und Platz für alle da war. Aber irgendwie hatten sich alle daran gewöhnt und es müsste schon ein kleines Wunder geschehen, wenn jeder sich gleich auf seinen Platz setzen würde, statt sich auf den erst besten zu setzen, von dem er wieder verjagt wurde, weil es der Stammplatz eines anderen war. Sie alle hatten ihren Spaß dabei und machten ihre Witze darüber.

Die Spaghetti mit der Tomatensauce standen bereits auf dem Tisch und reihum nahm sich jeder eine Portion. Sein Vater schenkte jedem ein Glas Rotwein ein und sie ließen es sich gut schmecken.

Ja, die Spaghetti seiner Mutter waren einmalig und, obwohl sie so häufig auf dem Tisch standen, für Nicolo war es das beste Essen der Welt. Er liebte die Spaghetti seiner Mutter, aber, wie sehr er ihre

Spaghetti liebte, wurde ihm erst einige Zeit später in der Fremde bewusst; doch davon ahnte er im Moment noch nichts. Heute war alles gut und er war fröhlich im Kreis seiner großen Familie.

Für einen Moment herrschte Stille am Tisch, alle waren in ihr Essen vertieft und genau in diese Stille platzte Nicolo mit seiner Neuigkeit. Er konnte nicht länger an sich halten; seine Nerven waren schon die ganze Zeit nach dem Gespräch mit seiner Mutter angespannt und er war froh, dass es nun endlich raus war.

Das hatte gesessen!

Alle starrten ihn an und glaubten ihren Ohren nicht zu trauen. Nicolo wollte auf Brautschau gehen? Er, der immer wieder gesagt hatte, dass er niemals heiraten wollte, weil alle Mädchen so schön sind und er sich niemals für eine entscheiden könnte.

Nach der ersten Verblüffung ging ein

lautes Geschnatter los, wie er es so noch nie erlebt hatte. Alle redeten gleichzeitig oder machten ihre Scherze. Er wusste, dass sie sich nicht über ihn lustig machten, sondern erst einmal ihren Emotionen freien Lauf ließen.

Nach einer Weile, als sich alle wieder etwas beruhigt hatten, erhob sein Vater sich von seinem Stuhl und sagte laut: ,,Das, mein lieber Sohn, solltest du dir noch einmal überlegen, denn du siehst ja, was dabei heraus kommt", wobei er mit ernstem Blick die Runde streifte und sich auf seine Stuhl fallen ließ.

Jetzt war der Moment, wo sie alle fast vor lachen vom Stuhl gefallen wären.

Es gab kein halten mehr, denn die Worte des Vaters hatten ihre Wirkung nicht verfehlt und jeder steuerte nun seinen Senf dazu bei.

Seiner Mutter liefen vor lauter lachen die Tränen über die Wangen und sie meinte nur: „Wenn unser Nicolo eines schönen Tages auch auf so eine große, wunderbare Familie an seinem Tisch blicken kann, dann ist er ein glücklicher Mann", wobei sie ihren Mann liebevoll ansah.

Dieser nickte zustimmend, er wusste ja, dass seine Frau mit ihren Worten recht hat und im inneren freute er sich über die Mitteilung seines Sohnes und im Geiste sah er schon ein kleines Enkelkind auf seinen Knien.

Ja, das wollte er noch erleben, dass eine neue Generation durch sein Haus tobte. So jung war nicht mehr; er hatte sehr spät erst geheiratet. Es wurde ihm warm ums Herz und er nahm einen kräftigen Schluck von dem guten Rotwein.

Alle hatten ihre Fassung wieder gewonnen und Nicolo blickte in die strahlenden Augen seiner Familie. Sie waren mit seiner Wahl einverstanden und freuten sich mit ihm. Das war für ihn im Moment das wichtigste, denn ohne das Einverständnis seiner ganzen Familie wäre er nicht glücklich.

Am nächsten Morgen machte sich seine Mutter und eine seiner Tanten auf den Weg zu Marias Haus. Sie wollten dort den Wunsch von Nicolo vortragen und, wenn Maria einverstanden war, den Segen ihrer Eltern einholen. So war es üblich bei ihnen. Es waren nur wenige Meter und sie waren am Elternhaus von Maria angekommen. Ihr Vater wollte gerade auf sein Moped steigen um frischen Fisch zu besorgen, als er die Frauen sah.

,,Geht nur rein, Rosalia ist in der Küche", rief er ihnen zu.

Doch die beiden Frauen deuteten ihm, dass auch er mit in die Küche kommen sollte. Marias Vater stellte das Moped beiseite und folgte den Frauen in die Küche. Wird schon etwas wichtiges sein, dachte er bei sich, ansonsten wären sie wohl kaum um diese Uhrzeit gekommen. Auch Rosalia wunderte sich über den frühen Besuch und sah Nicolos Mutter und seine Tante erwartungsvoll an.

Es wird doch nichts passiert sein?

Doch im gleichen Augenblick verwarf sie diesen Gedanken wieder, denn sie sah weder Tränen, noch Trauer in den Gesichtern der beiden Frauen sondern strahlende Freude.

„Setzt euch, ich koche nur noch Kaffee für uns und dann bin ich bei euch", sagte Rosalia.

„Beeile dich," rief Marias Vater seiner Frau hinterher, „ich will endlich wissen, warum sie gekommen sind."

Er war schon sehr neugierig und als Rosalia an den Tisch geeilt kam, ließen die beiden Frauen die Bombe platzen und riefen, fast, wie aus einem Mund: „Unser Nicolo möchte eure Maria heiraten!"

Sekundenlange Stille herrschte am Tisch, denn damit hatten Marias Eltern nun wirklich nicht gerechnet. Schnelll gewannen sie ihre Fassung zurück und in ihren Augen war die Freude sichtbar. Maaaariiiiiiiiaaaaaaaaaaa", schrie Rosalia, „komm schnell, es gibt Neuigkeiten". Ihr Ruf schallte nur so durch das Haus und auf der Stelle kam Maria angelaufen.

„Was gibt es, warum schreist du denn so?"fragte sie ihre Mutter.

Rosalia fing an, ihrer Tochter zu erzählen, warum die beiden Frauen her gekommen sind. Maria ließ sich nichts anmerken und meinte nur:"So, so, um meine Hand hat er angehalten, ich bin überrascht, denn das hätte ich niemals zu hoffen gewagt".

Dieser Satz machte alle hellhörig; was hatte Maria eben gesagt...zu hoffen gewagt?

Das hieß doch, dass auch sie bereits ein Auge auf Nicolo geworfen hatte.

„Willst du nun oder nicht", polterte ihr Vater los, „war das ein –Ja–?"

„Natürlich rief Maria", ich könnte mir keinen besseren als Nicolo vorstellen!"

Darauf müssen wir trinken meinte ihr Vater und stand auf um den Rotwein zu holen. Jeglicher Protest der Frauen wurde von ihm überhört, denn, wenn das kein Grund zum anstoßen war, dann wusste er auch nicht. Den Kaffee kann man ja danach immer noch trinken. Er kam mit dem Rotwein und 5 Gläsern zurück; goss jedem einen kräftigen Schluck ein und meinte dann:"Auf die Zukunft unserer Kinder, möge sie lange und glücklich sein und mit vielen Kindern gesegnet."

Das es noch zu früh für Rotwein war, das merkten die Frauen, als sie sich leicht beschwipst auf den Weg den Heimweg machten. Sie schauten sich an und fingen wie die Backfische an zu kichern.

„Euch kann man auch keine fünf Minuten allein lassen", sagte Nocolos Vater zu seiner Frau und seiner Schwägerin,"am frühen Morgen zu tief ins Glas blicken, aber wenn ich am Abend einen zu viel trinke, dann ist die Hölle los", wobei er grinste und sich eines ins Fäustchen lachte. Wusste er doch, dass seine Frau keinen Alkohol vertrug und nun hatte sie einen Schwips!

Selber schuld dachte er bei sich, nun kann sie fühlen, wie es mir geht, wenn ich einen zu viel getrunken habe; vielleicht findet sie ja ab Heute dann Worte des Bedauerns für mich; aber daran glaubte er selber nicht und grinste weiter.

Die Frauen berichteten ihm, dass ihre Mission erfolgreich war und in einem halben Jahr die Verlobung gefeiert wird, um dann im nächsten Jahr im Mai zu heiraten.

Das war also geklärt. Nun mussten nur

noch Nicolo und die anderen der Familie
es erfahren.

Sie mussten also bis zum Abend warten
mit ihrer Neuigkeit wenn alle wieder
daheim sind, da jetzt jeder seiner Arbeit
nachging.

Bis dahin bin ich auch wieder nüchtern
dachte Nicolos Mutter bei sich, denn es
wäre ihr peinlich, so vor die Familie zu
treten; ausgerechnet sie, die immer sagte,
dass es nicht gut ist Alkohol zu trinken.

Laut pfeifend ging sie in ihre Küche.....

Nicolos Vater hatte das wohl gehört und
amüsierte sich köstlich über seine Frau; er
lief hinter ihr her in die Küche und gab ihr
einen Klaps auf den Po, nahm sie fest in
seine Arme und küsste sie, wie schon lange
nicht mehr.

Heute Abend würden wohl keine Spaghetti
auf dem Tisch stehen......

sie werden in der Taverne zu Abend essen
müssen.

So langsam trudelte einer nach dem anderen wieder zu Hause ein. Sie alle hatten einen anstrengenden Tag hinter sich und freuten sich auf das gemeinsame Abendessen. Aber, was war das, es roch im Haus nicht wie gewohnt nach Essen und stattdessen sagte der Vater: „Heute essen wir alle in der Taverne". Sie schauten sich verwundert an, aber fragten nicht weiter nach. Wenn der Vater es so sagte, dann wurde es gemacht. Sicherlich hing es irgendwie mit dem Besuch bei Marias Eltern zusammen; nur wie, das konnten sie natürlich nicht wissen.

Als alle zu Hause waren und sich frisch gemacht hatten, setzte sich die kleine Gruppe in Bewegung um zu der Taverne zu gehen. Die Stimmung war gut und jeder hatte etwas zu erzählen. Weit war der Weg nicht und nach 10 Minuten waren sie bei der Taverne angekommen. Sie hatten Glück, der große, an dem sie alle Platz hatten, war noch frei und so setzten sie sich. Valentino, der Wirt, begrüßte jeden Einzelnen freundlich und verkündete, was es heute zu Essen gab. Eine Speisekarte gab es nicht, da es nur zwei Gerichte gab, von denen das eine täglich wechselte. So gab es auch heute die wohlschmeckenden Spaghetti und als zweites Gericht gebackene Auberginen. Lecker, sie freuten sich auf das Essen, denn hungrig waren sie alle.

Valentino brachte Brot, Wasser und Rotwein und dann schickte er seinen jüngsten Sohn nach draußen um den Gästen etwas auf der Mandoline vor zu spielen. Er sang zu den alten Melodien und alle stimmten mit ein. Es war bereits dunkel und die bunten Lampions , die über ihren Köpfen an den Zweigen der Bäume hingen, sorgten zusätzlich für eine verzauberte Stimmung. Der Wind wehte den Duft der frischen Speisen aus der

Küche zu ihnen herüber; es war eine wundervolle Nacht.

Nach einer halben Stunde stand das fertige Essen in riesigen Töpfen und Pfannen auf ihrem Tisch und jeder bediente sich. Vornehm war es hier nicht, aber dafür -wie zu Hause-. Valentinos Frau war eine sehr gute Köchin; fast so gut wie Mamma dachte Nicolo bei sich. Obwohl er großen Hunger verspürte, konnte er kaum etwas essen, denn er war gespannt wie ein Flitzbogen, auf die Antwort, die seine Mutter und seine Tante heute früh bei Marias Eltern bekommen haben. Zu fragen wagte er nicht.....

Endlich hatten alle gegessen und es wurde der abschließende Espresso gereicht.

Nun wurde es Zeit, Nicolo nicht länger auf die Folter zu spannen. Sie stand von ihrem Stuhl auf und verkündete allen, dass Maria und Nicolo von Heute an ein paar sind und in wenigen Monaten die offizielle

Verlobung gefeiert wird, damit sie im Mai nächsten Jahres vor den Altar treten können.

Nicolo konnte sein Glück kaum fassen. Alle fielen ihm um den Hals und gratulierten; besser hätte es nicht kommen können.

Er hatte Tränen der Freude in den Augen.

Es wurde eine lange Nacht und am nächsten Morgen fiel allen das aufstehen schwer. Selbst seine Mutter und sein Vater schauten aus völlig verschlafenen Augen in die Gegend. Das kannte Nicolo gar nicht von ihnen. Waren sie doch sonst früh morgens schon immer fit und munter. Wie auch immer,er war noch viel zu müde um sich weitere Gedanken zu machen.

Nachdem er seinen Espresso getrunken hatte machte er sich auf den Weg zur Arbeit.

Die Tage vergingen und bald war es so weit, dass er mit Maria seine Verlobung feiern konnte. Bisher hatten sie sich einmal in der Woche, nach dem Gang zur Kirche, getroffen. Natürlich war immer ein Familienmitglied dabei, so forderte es der Anstand, denn Marias Unberührtheit musste beschützt werden. Die Alten wussten, was richtig war, denn schließlich waren sie auch einmal jung und wussten genau, wie schnell das Blut zum kochen kommt und das Temperament mit ihnen durchgehen konnte. So manch eine Braut trug bei der Hochzeit schon ein Kind unter dem Herzen. Ihnen waren alle Tricks bekannt, den Anschein der Unschuld zu wahren und die Braut als unschuldig erscheinen lassen nach der ersten Hochzeitsnacht. Jeder wusste es, aber keiner sprach darüber.

So waren Maria und Nicolo zufrieden mit ihrer Situation. Konnten sie doch in den wenigen Stunden einander ihre Gedanken und Gefühle dem anderen sagen.

Sie hatten ja noch ihr ganzes Leben vor sich in dem es nicht an Liebe mangeln sollte. Maria und Nicolo waren einander von Herzen zugetan; sie waren glücklich.

Sie feierten wunderschöne Verlobung. Fast alle Bewohner des Dorfes waren anwesend und wünschten dem jungen Paar viel, viel Glück. Jeder brachte ein Geschenk mit, das natürlich praktisch für den Gebrauch nach der Hochzeit war. So war es üblich, denn viel Geld hatte keiner von ihnen, aber es reichte für das tägliche Leben; es ging ihnen nicht schlecht und wenn alle nicht mehr hatten, dann gab es auch keinen Unterschied bei den Menschen des Dorfes. Neid und Missgunst waren hier nicht zu Hause und das war gut so!

Nicolo wischte sich eine Träne aus dem Gesicht, aber er konnte nicht aufhören an die Vergangenheit zu denken.

Seine Gedanken wanderten wieder zu jenen fernen, doch so glücklichen Tagen in seiner Heimat. So lange war es doch noch gar nicht her, aber ihm kam es wie eine Ewigkeit vor.

Maria und er hatten eine schöne Verlobungszeit und nun war bereits das Weihnachtsfest vorbei und das Neue Jahr hatte auch schon seine zwei Monate auf dem Buckel. Kalt war es und die Sonne ließ sich wenig blicken. Es war die Jahreszeit, in der sich das Leben im Haus abspielte und jeder froh war, am warmen Herd einen Platz zu haben. Es war die Zeit, in der man sich alte Geschichten erzählte und die Frauen und jungen Mädchen Wäsche bestickten, die einmal zu ihrer Aussteuer gehören sollten. Eigentlich eine gemütliche Zeit und doch fehlte allen die Wärme der Sonne. Aber nicht mehr lange und sie konnten wieder vor dem Haus sitzen und am Abend zu den Sternen

empor schauen. Sehen, wie die Wolken er
Mond wanderte und dem nächtlichen
Konzert der Grillen lauschen.

Jetzt war ihnen zwar manchmal kalt in
diesen Tagen, aber Schnee hatte noch
keiner von ihnen je gesehen oder erlebt.
Die Tage waren geruhsamer und jeder
freute sich auf den Frühling wenn alles
wieder grünte und blühte und der Duft
des wilden Jasmin über dem Dorf lag.

Eins, zwei, drei, waren auch diese Monate
vorbei und es war Mai. Endlich, bald hatte
das warten ein Ende und Nicolo konnte
seiner Maria das Ja-Wort geben. Nur noch
zwei Wochen und dann war es so weit.
Das ganze Dorf war in Aufruhr und es gab
kein anderes Gesprächsthema mehr, als
die bevorstehende Hochzeit. Allein bei dem
Gedanken daran bekam Nicolo weiche Knie
und sein Herz begann wild zu pochen. Er
wusste, dass Maria ebenso empfand und

er war sehr glücklich darüber. Ja, er empfand schon jetzt eine zarte Liebe für seine zukünftige Frau. Maria erging es nicht anders, das konnte er in ihren Blicken lesen wenn sie sich trafen.

„Pass doch auf, jetzt hast du den Kaffee umgestoßen", rügte ihn eine Stimme. Es war die Stimme von Gianni, seinem Chef, die er vernahm. Nicolo schüttelte seinen Kopf um wieder klar zu denken und nun sah auch er das Malheur. Eine große Lache Kaffee ergoss sich über den Tresen und schnell holte Nicolo ein Wischtuch und einen Eimer.

„Entschuldigung", murmelte er zu seinem Chef gewandt.

Doch dieser lachte und sagte nur; „Ja, ja, die Liebe".

Nicolo spürte, dass eine Röte in sein Gesicht schoss und er beugte sich tief über den Kaffeefleck. Die umstehenden Männer lachten, denn alle hatten sie die kleine

Kabbelei zwischen dem Chef und Nicolo mitbekommen. Natürlich war sein Chef nicht böse mit ihm, er wollte Nicolo nur necken. Auch er war völlig durch den Wind als seine eigene Hochzeit anstand. Daran erinnerte er sich nur zu gut. Wie verrückt hatte er sich damals teilweise benommen, dass die Leute dachten, er schnappt gleich völlig über. Innerlich musste er lachen als er an diese Zeit dachte. Ähnlich muss es Nicolo nun auch gehen, also übten sich alle in Nachsicht.

Am Abend zu Hause sagte sein Vater: „Morgen gehen wir zur Anprobe. Damit dein Anzug auch gut sitzt und keine Falten wirft. Das wäre peinlich an deinem Hochzeitstag". Nicolo nickte. Nur noch 3 Tage und er stand mit Maria vor dem Altar.
Er war müde und wünschte allen eine gute Nacht.

Sonntag........

Der große Tag war endlich da. Welche Aufregung im Haus. Obwohl alle schon in ihren schönsten Kleidern und Anzügen waren, rannten sie kopflos im Haus herum. Hast du auch daran gedacht, vergiss bitte nicht dieses oder jenes, das Kind hat noch einen Schokoladenmund......, so ging es in einer Tour. Allen war die Anspannung anzumerken und die Nervosität stieg von Minute zu Minute. Da ertönten die Glocken der Kirche und alle wussten, dass der Pfarrer mit dem Geläut zur Trauung rief.

Sie machten sich auf den Weg. Keiner von ihnen sprach mehr ein Wort bis sie bei Kirche angekommen waren.

Maria und ihre Familie waren noch nicht anwesend. Sie warteten.

,,Sie kommen, sie kommen", riefen einige Hochzeitsgäste aufgeregt und alle blickten in die von ihnen angezeigte Richtung.

Tatsächlich, da kam eine bunte Kutsche gefahren und darin saß seine Maria in einem Traum aus Seide und Tüll. Ihre schwarzen langen Locken fielen ihr lose über die gebräunten Schultern und allen verschlug es die Sprache.

Nicolo konnte nicht fassen was er sah. Seine Maria saß in einer Kutsche, gezogen von zwei fast weißen Pferden und einem Kutscher mit schwarzem Hut auf dem Kopf. Das hatte es im Dorf noch nie gegeben. Wie eine Prinzessin wurde sie zur Kirche gefahren.

Sie war so wunderschön, dass Nicolo glaubte, ihm bleibt das Herz stehen; verstohlen wischte er sich eine Träne aus dem Auge.

Marias Vater ging der Kutsche entgegen um seiner Tochter beim aussteigen behilflich zu sein. Leicht war es nicht mit dem pompösen Kleid, aber mit etwas Geduld schafften sie es. Da stand sie nun, die schöne Braut und strahlte über das ganze Gesicht.

Ihr Vater reichte ihr seinen Arm und so schritten sie langsam in die Kirche. Die Orgel spielte und die beiden gingen stolzen Schrittes an den Anwesenden vorbei zum Altar, wo Nicolo bereits auf seine Braut wartete. Auch er sah sehr schön aus in seinem schwarzen Anzug und dem weißen Hemd. Wie immer kringelten sich seine schwarzen Locken auf der Stirn was ihm einen leicht verwegenen Ausdruck verlieh. Er war schon ein schöner Mann, der Nicolo und so einige Freundinnen von Maria beneideten sie ein wenig um ihr Glück.

Nun war der Moment gekommen. Maria und ihr Vater waren bei Nicolo angekommen. Es folgte die Übergabe der Braut, wobei Marias Vater leise einige Worte zu Nicolo sagte um dann zu seinem Platz neben seiner Frau zu gehen.

Der Pfarrer stand oben auf der Kanzel und die übliche Zeremonie begann. Es kam Maria und Nicole wie eine Ewigkeit vor und sie dachten, der Pfarrer würde nie mehr aufhören zu reden, aber dann war er endlich fertig und es kam dazu, dass sie die Ringe tauschen konnten und sich das gegenseitige Eheversprechen gaben in dem sie sich ewige Treue schworen und vieles mehr.

Von nun an, waren sie vor Gott und aller Welt, Frau und Mann und mit einem ersten zarten Kuss besiegelte sie ihr Eheversprechen.

Auch diese Hochzeit wurde neben der Kirche auf der Piazza gefeiert und alle begaben sich nun dahin. Es wurde ein rauschendes Fest, das sich über 3 Tage hinzog. Auch sie bekamen die Geschenke, die alle Brautpaare bekamen um sich ihr neues Heim einzurichten.

Es wurde getanzt, gegessen und zum

Klang der Mandolinen gesungen.

Der Mond schien über ihnen und ein leichter Wind wehte den Duft des wilden Jasmin zu ihnen herüber.

Irgendwann machten sich Maria und Nicolo auf dem Heimweg. Sie sollten die ersten Tage im Haus seiner Eltern wohnen, da das kleine Häuschen, dass Marias Patenonkel ihr zur Hochzeit geschenkt hatte, noch nicht ganz fertig geworden war.

Nicolos Mutter hatte ein Zimmer für die beiden zurecht gemacht in dem sie sich wirklich wohl fühlen konnten und ungestört ihre erste gemeinsame Nacht miteinander verbringen konnten.

Nicolo trug seine Braut über die Schwelle und schloss die Tür,.....

Am nächsten Morgen hing das weiße Bettlaken mit dem Beweis der Unschuld aus dem Fenster; alle waren zufrieden.

Nicolos Herz schmerzte bei dem Gedanken an seine Maria..........

Wie glücklich sie doch miteinander waren in jenen Tagen und er dachte zurück an die Nacht, als sie beide das erste Mal alleine am Strand waren, als Mann und Frau.

Das Meer war ruhig und nur ein leiser Wellenschlag war zu hören, wenn eine kleine Welle auf dem Strand abrollte. Über ihnen der Mond und die Sterne; ansonsten war der Strand um diese späte Uhrzeit menschenleer.Maria schmiegte sich eng an Nicolo und er streichelte ihr liebevoll über ihre schwarzen Locken. So sollte es für immer bleiben.

Doch beide ahnten in diesem Moment nicht, dass das Schicksal ihnen sehr übel mitspielen sollte und das war gut so.

Sie genossen ihre Zweisamkeit und in der Zwischenzeit konnten sie auch in ihr kleines Häuschen einziehen und sich einrichten. Alles war perfekt und sie hielten sich für das glücklichste Paar der Welt.

Doch, ihr Glück währte nur von kurzer Dauer.

Ganz plötzlich und unerwartet verstarb der Chef von Nicolo und ein ferner Verwandter der Familie übernahm die kleine Bar. Er führte ein sehr strenges Regiment und niemand konnte ihm etwas recht machen. Auch die Gäste hatten das bemerkt und kamen von da an nicht mehr täglich um ihren Espresso dort zu trinken und einen kleinen Plausch zu halten. Das machte den neuen Chef noch mürrischer und unausstehlicher. Nicolo und die beiden anderen hatten keine Freude mehr an ihrer Arbeit und gingen täglich mit einen unbehaglichem Gefühl dort hin, bis eines Tages der neue Chef sie rief und ihnen mitteilte, dass ihre Zeit hier in der Bar am Monatsende beendet ist. Damit hatte keiner der Drei gerechnet. Wo sollten sie denn jetzt neue Arbeit finden, es gab doch hier nichts außer der kleinen Bar, der Taverne und einem kleinen Laden? Der nächste größere Ort war mit dem Auto über 2 Stunden entfernt und die Männer aus ihrem Dorf, die dort arbeiteten, kamen nur an den Wochenenden nach Hause und manchmal auch nicht, wenn es keine Gelegenheit gab, dass sie jemand im Auto mitnahm. Alle Drei waren sehr bestürzt und machten sich große Sorgen um die Zukunft. Jeder von ihnen war auf den Verdienst angewiesen, da sie damit auch die Familie unterstützen mussten. Einer alleine konnte die vielen hungrigen Mäuler nicht stopfen. Bisher war alles so gut gelaufen und jeder wurde satt und hatte etwas zum anziehen. Das war aber nur möglich, wenn jeder Mann in der Familie Arbeit hat und sie alles Geld, das sie verdienten, zusammen legten. Was sollte nun bloß werden? Sie hatten angst, es ihren Familien zu sagen, dass sie ab dem nächsten Monat keine Arbeit mehr hatten und kein Geld nach Hause bringen würden.

Nicolo schämte sich, dass er Maria kurz nach der Hochzeit so eine Hiobsbotschaft mitteilen musste, aber ihm blieb keine andere Wahl.

So ging er nach Feierabend mit trüben Gedanken nach Hause. Er würde es seiner Frau sofort sagen, denn, warten und es vor sich herschieben, machte die Sache nicht besser. Was sollte nun bloß aus ihnen werden? Natürlich würden beide Familien das junge Paar unterstützen so gut sie konnten, aber eine Lösung war es nicht, denn Nicolo war ein Mann und wollte seine Familie selber ernähren können, zumal sie beide sich auch zwei oder drei Kinder wünschten.

Maria unterbrach Nicolo nicht, als er ihr erzählte, dass er ab dem nächsten Monat nicht mehr in der Bar arbeiten würde, da sein neuer Chef ihn und die beiden anderen Angestellten heute entlassen hatte.

Äußerlich blieb sie ganz ruhig, aber in ihrem inneren brodelte es. Was war der neue Chef bloß für ein Mensch, dass er gleich drei Familien auf einmal Unglück brachte? Maria verstand die Welt nicht mehr. Ihr Mann saß zusammen gesunken auf seinem Stuhl und sie ging zu ihm, um ihn in die Arme zu nehmen und zu trösten. Nicolo legte den Kopf an ihre Brust während Maria ihm sanft über das Haar strich.

Leise sagte sie zu ihm: „Nicolo, wir werden gemeinsam eine Lösung finden. Irgendwie wird es schon weiter gehen. Morgen Abend gehen wir zu meinen Eltern und erzählen ihnen was vorgefallen ist. Ich werde morgen früh deine Eltern bitten auch dort hinzukommen, dass wir alle gemeinsam darüber sprechen können und vielleicht weiß ja einer von ihnen einen Rat."

„Du meinst es ja gut", antwortete Nicolo, „und es wird wohl das Beste sein, aber ich glaube nicht, dass sie eine Lösung des Problems kennen."

Leichte Zweifel hatte Maria auch, aber zumindest würde es gut sein, mit allen darüber zu sprechen, vor allem für Nicolo. Es tat ihr in der Seele weh, ihren Mann so traurig und verzweifelt zu sehen.

Freude und Leid liegen oftmals sehr nahe beieinander. Bis heute früh war ihre kleine Welt noch rosa rot, sie liebten einander und hatten so viele Pläne für die Zukunft. Doch nun hatte ihre kleine Welt einen Riss bekommen, niemals hätten sie mit so etwas gerechnet.

Das erste Entsetzen und die damit verbundene Aufregung über den Verlust des Arbeitsplatzes von Nicolo hatte sich etwas gelegt, doch hatte sich eine große allgemeine Niedergeschlagenheit über den zwei Familien ausgebreitet. Niemand hatte auch nur eine Idee, wie es zukünftig weiter gehen kann.

Es war Nicolos letzter Abend in der Bar; alle Freunde hatten sich heute noch einmal zum Kaffee eingefunden und, um Nicolo ein Paar tröstende Worte zu sagen; einen Rat hatte keiner für ihn, denn seine Situation war dieselbe, wie ihre Situation. Keine Arbeit mehr, was wird dann? Sie mochten gar nicht daran denken.

Nicolo räumte die Gläser und Tassen von einem der Tische, als plötzlich ein Auto mit fremden Kennzeichen vor der Bar hielt. Zwei Männer und eine Frau stiegen aus und gingen sofort in die Bar. Die Frau grüßte freundlich auf italienisch und die beiden Männer nickten mit dem Kopf. Dann nahmen die Drei an einem der

Tische Platz und Nicolo fragte sie nach ihrer Bestellung.

Als Nicolo ihnen den Kaffee servierte fragte er, ob er fragen dürfe, woher sie kämen, da er sie noch nie zuvor hier gesehen hatte. Aber natürlich, erwiderte die Frau, wir sind aus Deutschland.

„Aus Deutschland", Nicolo schaute sie erstaunt an und fragte weiter:"Machen sie Urlaub hier in Calabrien?"

„Nein", erwiderte die Frau, die italienisch sprach, „wir sind hier für unsere Firma in Deutschland auf der Suche nach einigen Arbeitskräften. Es gibt so viel zu tun in der Fabrik, dass wir uns auch im Ausland nach Arbeitskräften umsehen müssen".

Einer der Männer hatte aus seiner großen Aktentasche eine Mappe hervorgeholt, die er auf den Tisch legte und sogleich öffnete. Als erstes sah Nicolo ein Bild mit einem riesigen Gebäude und als der Mann die Seite umblätterte, sah er weitere Häuser, allerdings nicht ganz so groß wie jenes, das er als erstes gesehen hatte.

Die Frau erklärte ihm, dass es sich bei den Häusern auf den Bildern um die Fabrik handelt, für die sie die Arbeiter suchen. Sie waren schon durch ganz Italien gereist und hatten Arbeitskräfte angeworben. In jedem kleinen Ort hatten sie gefragt, ob die Männer ein Interesse haben in dem fernen Deutschland zu arbeiten. So waren sie nun auch hier angekommen um ihr Glück versuchen. Vielleicht hatte ja der eine oder andere junge Mann Lust, in der Fremde zu arbeiten, wenn er hier keine Perspektive hatte. Da keine weiteren Gäste in der Bar waren, hatten sich auch die beiden anderen, die, wie Nicolo heute ihren letzten Arbeitstag in der Bar hatten, mit an den Tisch gesellt und lauschten aufmerksam den Worten der Frau. Natürlich wussten sie, wo Deutschland liegt, aber genaueres kannten sie nicht;

nur, dass es dort kalt war und das es im Winter schneit.

Die Frau erzählte den Dreien von den dortigen Arbeitsbedingungen und auch, welche Bezahlung dafür vorgesehen war. Das sie dort eine Gemeinschaftsunterkunft mit ihren Landsleuten zusammen auf dem Fabrikgelände beziehen werden und des weiteren, dass die Reise nach Deutschland von der Firma bezahlt wird.

Außerdem gab es in den Sommerferien 4 Wochen Urlaub in dem sie nach Hause fahren konnten; die Kosten für die Fahrt bezahlte die Firms und ihr Lohn wird in dieser Zeit auch normal weiter gezahlt. Das sind die deutschen Gesetze meinte die Frau, als sie in die erstaunten Augen der Drei blickte.

Erst einmal fühlten sich Nicolo und die beiden anderen wie erschlagen von der Fülle der Informationen und vor allem, von der Höhe der Bezahlung.

Was die Frau natürlich verschwieg war, dass das Leben in Deutschland viel teurer ist als in Italien und der Lohn wirklich nur ein Minimum für deutsche Verhältnisse war.

Mit keiner Silbe erwähnte sie, wie überaus anstrengend und eintönig die Arbeit am Fließband ist.Tagein, tagaus dasselbe, der Akkord musste gehalten werden, das es ansonsten Lohnabzug gab und das 6 Tage die Woche, wobei am Samstag nur bis 14.00 Uhr gearbeitet wurde.

Alles in allem der Grund, warum die Firma im Ausland nach Arbeitskräften suchte, denn es wurde zunehmend schwerer deutsche Arbeiter unter diesen schlechten Bedingungen zu gewinnen.

So redete die Frau noch eine ganze Weile und erst, als der Chef der Bar kam und sagte, dass nun Feierabend ist, er will die Bar abschließen, fanden die Gespräche in vorläufiges Ende.

Sie verabredeten, sich am nächsten
Morgen auf der Piazza zu treffen, um
weiteres zu besprechen.

Es war ein Hoffnungsschimmer für die
Drei, aber einer, der ihnen bereits jetzt ein
mulmiges Gefühl bereitete. Fern von hier,
fern von der Familie in einem fremden,
unbekannten Land dessen Sprache sie
nicht verstanden. Und von dem sie so gut
wie nichts wussten.

Sie froren auf einmal als sie nach Hause
gingen.......

Als Nicolo bei dem Haus seiner Eltern
angekommen war, sah er dort auch seine
Frau Maria und seine Mutter im fahlen
Lichtschein der alten Laterne vor dem
Haus sitzen. Sie winkten ihm freundlich zu
und freuten sich, dass er kam. So konnte
Maria, gemeinsam mit Nicolo, zu ihrem
kleinen Haus gehen. Doch Nicolo dachte
noch nicht daran mit Maria nach Hause zu
gehen und stattdessen winkte er ihnen,

ihm in das Haus zu folgen. Verwundert schauten sich Schwiegermutter und Schwiegertochter an. Was hatte das nun zu bedeuten?

So gingen beide auch in das Haus. In der Küche war, außer Nicolo, auch der Vater und zwei Schwestern von Nicolo.

,,Setzt euch'', sagte Nicolo ,,ich habe euch etwas zu berichten, das vielleicht unser aller Leben betrifft. Er begann von der Begegnung mit den Fremden in der Bar zu erzählen. Aufmerksam hörten ihm alle zu und unterbrachen ihn nicht.

Allen schoss als erster Gedanke -Arbeit für Nicolo- in den Kopf, aber sofort kam der zweite Gedanke -nein, gehe nicht fort von hier-. Jetzt entstand ein derartiger Tumult, dass einer des anderen Wort nicht mehr verstand.

Maria saß ganz still auf ihrem Stuhl und die Tränen rannen ihr über das Gesicht. Niemand bemerkte es bei dem ganzen durcheinander.

Nicolo schaute herüber zu seiner Frau und
sah, dass sie bitterlich weinte. Sofort ging
er zu ihr und nahm sie tröstend in seine
Arme. Leise sagte er zu ihr. ,, Maria, weine
doch nicht, ich habe es vorerst nur erzählt
und entschieden ist noch lange nichts, da
müssen wir erst einmal alle eine Nacht
darüber schlafen und morgen, nach dem
Gespräch mit den Fremden, noch einmal
alle darüber reden. Dann sollen deine
Eltern und Geschwister auch dabei sein".
,,Komm, wir wollen jetzt nach Hause
gehen; auch meine Eltern und Geschwister
müssen das alles erst einmal verdauen. Sie
werden bestimmt eine schlaflose Nacht
haben," Nicolo wünschte allen eine gute
Nacht und verschwand mit Maria in der
Dunkelheit. In ihrem Haus angekommen
machte Maria erst einmal Kaffee und
Nicolo setzte sich zu ihr in die Küche. Er
musste immer an alles denken, was die

fremde Frau ihm heute erzählt hatte.
Stimmte es was sie sagte? Oder waren es
Menschenhändler? Er wollte gleich morgen
früh, noch vor dem anstehenden Gespräch,
zum Pfarrhaus gehen und den Pfarrer um

72

Rat fragen., denn wenn einer etwas wissen
konnte, dann er. War er doch schon vor
Jahren wegen seines Studium einige Jahre
in Rom gewesen und hatte auch in der
Schweiz einige Jahre verbracht. Er sagte es
Maria und sie fand auch, dass das eine
gute Idee ist. Vielleicht würde der Pfarrer
mitkommen zu dem Gespräch; er verstand
und sprach ja deutsch und so konnte er
gut verstehen, was die beiden Männer
untereinander besprachen. Natürlich, ohne
sie vorerst wissen zu lassen, dass er sie
versteht. So dachte Nicolo und so wollte er
es mit dem Pfarrer besprechen.
Maria und Nicolo legten sich zu Bett und
irgendwann stellte sich auch bei ihnen der

Schlaf ein.

Sie erwachten erst, als sie die Stimme von Nicolos Vater hörten, der laut nach seinem Sohn rief. Schnell sprangen sie aus dem Bett und Nicolo öffnete seinem Vater die Tür. „Beeile dich mein Sohn, du hast doch heute das Gespräch mit dem Fremden und Gianni und Guiseppe warten schon auf dich bei meinem Haus, schnell, schnell," mit diesen Worten trieb er seinen Sohn an. Mist, dachte Nicolo, ich wollte doch vorher noch mit dem Pfarrer sprechen und ihn um Hilfe bitten. Schnell zog er Hemd und Hose an, machte nur eine Katzenwäsche und kämmte sich die Haare. Auf dem Weg zu seines Vaters Haus erzählte er diesem, was er heute Nacht mit Maria besprochen hatte. „Sehr gut, der Pfarrer kann dir sicher helfen und ich werde mit Gianni und Guiseppe auf der Piazza warten um die Fremden zu vertrösten falls ihr euch verspätet; das wird schon klappen." sagte sein Vater.

So gingen sie dann alle vier zur Piazza und unterwegs weihte Nicolo seine beiden Freunde über sein Vorhaben mit dem Pfarrer ein. Sie nickten zustimmend und fanden seine Idee sehr gut.

Kurz vor der Piazza trennte sich Nicolo von den anderen um über die Rückseite zum Pfarrhaus zu gelangen. Wäre ja dumm gelaufen, falls die Fremden schon dort warteten, das hätte seinen Plan zunichte gemacht.

So schnell er konnte, lief Nicolo zum Pfarrhaus und klopfte laut an die Tür. Der Pfarrer öffnete die Tür und Nicolo erzählte ihm was los ist und weshalb er gekommen war. Der Pfarrer verstand sofort, da er schon mitbekommen hatte, dass Firmen aus Deutschland in anderen Ländern nach Arbeitskräften suchten und Italien war eines dieser Länder. Er lachte verschmitzt, und ein wenig ähnelte er jetzt dem

Don Camillio aus den Büchern von Don Camillo und Peppone; er hatte seine Freude an dem, was nun kommen würde. Mit keiner Silbe würde er verraten, dass er der deutschen Sprache mächtig war, er würde seine Ohren schon offen halten, denn seine Schäfchen lagen ihm alle sehr am Herzen. Schließlich kannte er die drei jungen Männer seit ihrer Geburt. So machten sie sich auf den kurzen Weg zur Piazza wo die anderen bereits mit den Fremden auf sie warteten.

Noch einmal erzählten die Fremden alles warum sie hier waren und zeigten die Bilder der Fabrikanlage herum.

Zwei Tage wollten sie den drei Männern Zeit geben, sich die Sache zu überlegen. In der Zwischenzeit wollten sie das nahe Nachbardorf aufsuchen um dort ihr Glück versuchen. So verblieben sie und dann verabschiedeten sich.

Sie gaben noch jedem einen Vertrag in die

Hand und stiegen in ihr Auto.

„Wir wollen das zusammen im Pfarrhaus besprechen," sagte der Pfarrer.

Gemeinsam gingen sie zum Pfarrhaus und Nina, die Haushälterin des Pfarrers, kochte für alle Kaffee. Es wurde eine sehr lange und ausgiebige Besprechung bei der auch besonders der Vertrag unter die Lupe genommen wurde. Das, was hier drinnen steht, ist das aller wichtigste erklärte der Pfarrer, denn da sind eure Rechte und Pflichten genau aufgeschrieben. Daran müssen sich beide Seiten halten, denn auch der Arbeitgeber hat Pflichten euch gegenüber.

Der Pfarrer stand auf und griff zum Telefon. Mit wem er sprach, das wussten sie nicht, aber es ging um ihre Sache.

„Alles ist in Ordnung,"sagte der Pfarrer als er das Gespräch beendet hatte,"die Firma in Deutschland ist meinen Freunden bekannt und sie halten sich auch an die

Verträge. Von daher gibt es also keine Einwände; nur, entscheiden müsst ihr, ob ihr wirklich für eine lange Zeit nach Deutschland wollt. Andererseits habt ihr hier Vorort keinerlei Perspektive, es sieht sehr schlecht aus, auch nur irgendeine Arbeit zu finden." Der Pfarrer kannte ihre Situation nur zu gut und sie taten ihm in der Seele leid. Aber was sollte er machen, helfen konnte er nicht, es gab hier eben keine Arbeit und mit dem Chef der Bar hatte er bereits gesprochen. Seine Bitte, die Kündigung rückgängig zu machen, stieß auf taube Ohren. Warum, das hatte der Chef auch ihm gegenüber nicht durchsickern lassen.

Später stellte sich heraus, dass der neue Chef nur Leute aus seiner eigenen Familie beschäftigte.

Man munkelte, aber genaues wusste niemand und das war gut so.......

Da nun alles soweit besprochen war und

niemand mehr Fragen hatte, bedankten sie sich nochmals bei dem Pfarrer und verabschiedeten sich. Ein Stück gingen sie gemeinsam, dann trennten sich ihre Wege. Nicolo ging mit seinem Vater weiter und es dauerte nicht lange, da hatten sie das Haus seiner Eltern erreicht, wo bereits alle auf sie warteten. Gespannt und doch bedrückt warteten sie auf das Ergebnis der Unterredung mit den Fremden. Das der Pfarrer dabei war und aus welchem Grund, das wussten sie nicht, das sollten sie erst jetzt erfahren. Maria hatte in der Zwischenzeit ihre Eltern und Geschwister über die Sache informiert und so konnten auch sie den Worten von Nicolo folgen. Nicolo ließ nichts aus und erzählte alles, was sich gestern und heute zugetragen hatte und worauf es hinaus laufen würde, wenn er das Angebot annimmt. Betretenes Schweigen machte sich in der Runde breit. Niemand wollte in Nicolos

Haut stecken und erst recht nicht in der
Haut von Maria. Sie haben doch gerade
erst geheiratet. Hatten sich eine schöne
gemeinsame Zukunft ausgemalt und nun
sollte es vielleicht vorbei sein bevor es
richtig angefangen hatte?

Die Tränen flossen nicht nur bei Maria und
sogar die Männer wischten sich verstohlen
mit ihrem Ärmel über die Augen.

Was für ein schweres Los die beiden
gezogen hatten; alle fühlten unsagbare
Traurigkeit in ihrem Herzen.

„Zwei Tage haben sie uns Zeit gegeben",
sagte Nicolo, „wir werden Morgen noch
einmal zusammen kommen und dann
gemeinsam eine Entscheidung treffen". Sie
waren einverstanden. Maria und Nicolo
verabschiedeten sich gemeinsam mit
Marias Eltern und Geschwistern von seiner
Familie. Das Haus der Schwiegereltern lag
nur wenige Meter hinter ihrem Haus und
so konnten sie gemeinsam den kurzen Weg

zu ihren Häusern gehen.

Schweigend gingen sie durch die Nacht....

Schlafen konnte keiner von ihnen; zu sehr hatte sie alle das Geschehen ergriffen und ihnen bangte vor der Entscheidung. Maria und Nicolo lagen eng umschlungen in ihren Bett und ließen ihren Tränen freien Lauf. Gegen Morgen sagte Maria die entscheidenden Worte: „Nicolo, ich habe jetzt lange darüber nachgedacht und so schwer es mir auch fällt es zu sagen, nimm das Angebot der Fremden an. Es ist für ein Jahr und dann hat sich hier die Situation vielleicht gebessert und du kannst wieder im Ort eine Arbeit finden. Es bricht mir das Herz dich gehen zu lassen, aber wir haben keine andere Wahl." Die Worte seiner Frau verfehlten ihre Wirkung nicht und Nicolo schluchzte laut. Was für eine wunderbare Frau ich doch habe, dachte er bei sich und bedeckte

Marias Gesicht mit zärtlichen Küssen. Er streichelte sie und schmiegte sich eng an sie. Als sie am Morgen aufstanden, stand ihre Entscheidung fest und sie wollten diese nachher ihren Familien mitteilen. Maria ging in die Küche um Kaffee zu kochen und Nicolo machte sich derweilen unter der Dusche frisch. Während der Kaffee noch auf dem Herd stand, ging auch Maria sich frisch machen um danach mit Nicolo zusammen den Kaffee zu trinken.

Sie waren alle, wie verabredet, gekommen und Nicolo und Maria verkündeten ihre Entscheidung.

,,So soll es geschehen", sagte seine Mutter, ,,wir kümmern uns in der Zeit alle um Maria, dass du im fernen Deutschland dir keine Sorgen um sie machen musst. Marias Eltern und die Geschwister beiderseits stimmten zu. War es doch wenig genug, was sie für die Beiden machen konnten, sie verstanden alle, wie schwer es sein muss, sich so kurz nach der Hochzeit zu trennen; gerade dann, wenn die Sehnsucht nach Liebe am größten ist. Alle hofften, dass Maria und Nicolo diese harte Prüfung bestehen würden.

Maria und Nicolo waren jung und glaubten fest an ihre große Liebe, aber die Älteren wussten, dass auch hier das Schicksal manchmal seine Finger im Spiel hat. Sorgenvoll blickten die Älteren drein und dennoch sprachen sie den Beiden Mut zu und, dass alles gut gehen wird. Was hätten sie auch anderes machen können.

Es sei denn, es geschieht ein Wunder und Nicolo findet hier doch noch eine Arbeit; aber kein Wunder geschah......

Der Tag war gekommen und Nicolo und Maria, ihr Vater, Nicolos Vater und auch der Pfarrer waren, wie vereinbart mit den Fremden, pünktlich am Treffpunkt.

Der Pfarrer war mitgekommen, da er sich bis zuletzt davon überzeugen wollte, dass alles nach Absprache verlief und nichts geändert wurde.

Nicolo hatte den Vertrag unterschrieben. Aber alles war wie vorher besprochen,es es gab keinerlei Beanstandungen.

Nicolo überreichte den Vertrag mit seiner Unterschrift und die Fremden gaben ihm sein Ticket für die Reise. Am nächsten Montag sollte es losgehen. Sie sagten ihm, dass ein Abteil im Zug für ihn und noch fünf andere aus dem umliegenden Dörfern reserviert ist. Gemeinsam würden sie die lange Fahrt in den Norden antreten und am Ziel würden sie die ganze Gruppe in Empfang nehmen, da sie alle in der Fabrik in Hamburg arbeiten würden.

Die Drei verabschiedeten sich und fuhren in ihrem Auto davon.

Montag, es war so weit. Langsam rollte

der Zug am Bahnhof ein. Die uralte Lokomotive dampfte und machte einen Ohrenbetäubenden Lärm. Nicolo bekam Herzklopfen und er war schweißnass gebadet vor lauter Aufregung. Am liebste wäre er davon gelaufen, so mulmig war ihm zumute. Aber, es gab kein zurück für ihn,er hatte den Vertrag unterschrieben. Eine tränenreiche Verabschiedung folgte und Maria hatte sich so fest an ihn geklammert, dass er ihre Fingernägel in seiner Haut spüren konnte. Ihm wurde schwindelig und er machte sich gewaltsam von seiner Frau los um in den Zug zu steigen. Marias Vater hielt seine Tochter fest umschlungen; seine Tränen fielen auf ihr dunkles Haar herab.

Die laute Stimme aus dem Lautsprecher kündigte die Abfahrt an. Es wurde darum gebeten, einzusteigen und die Türen zu schließen.

Nicolo suchte sein Abteil auf und setze sich

zu den anderen; einen Blick zurück gab es für ihn nicht.

„Nicolo, kommst du mit in das Rialto?" fragte eine Stimme hinter ihm. Es war Adriano, einer seiner Zimmergenossen. Adriano kam näher und dann erst bemerkte er, dass Nicolo geweint hatte. „Was ist passiert mein Freund, warum bist du so traurig?"fragte er.

Nicolo erzählte ihm, dass er heute einen Brief von Maria, seiner Frau, bekommen hatte in dem sie ihm schrieb, dass sie ein Kind unter dem Herzen trägt..

Adriano verstand sofort, denn sie alle hatten sich aus ihrem Leben erzählt und er wusste, dass Nicolo nur wenige Monate verheiratet war, als er in die Fremde fuhr. Selbst den sonst immer fröhlichen Adriano verschlug es die Sprache und er fühlte tiefstes Mitleid mit dem Freund. Er setze sich zu Nicolo an den Tisch und ergriff dessen Hand. Nicolo ließ es geschehen, der

Trost tat ihm gut.

Eine Weile saßen sie so schweigend beieinander, bis Adriano sagte: Nicolo, es ist bitter und für dich besonders, aber die Situation ist nicht zu ändern. Du musst stark sein, denn Maria muss mit allem alleine fertig werden. Es ist ihre erste Schwangerschaft und sie wünscht sich bestimmt nichts sehnlicher, als das du an ihrer Seite bist. Aber sie schrieb dir kein Wort der Traurigkeit, der Einsamkeit in ihrem Brief (den Adrian inzwischen gelesen hatte), sondern versuchte mit ihren Zeilen dir das Herz nicht schwer zu machen. Nun bist du an der Reihe ihr Mut zu machen, egal, wie schwer es dir fällt. Maria muss nun auf sich und das Baby aufpassen und Aufregung tut ihr gar nicht gut."

Bevor Nicolo antworten konnte, platzen die anderen vier Mitbewohner lautstark in das Zimmer. Zuerst bemerkten sie die trübe Stimmung die herrschte gar nicht, zu sehr waren sie in ihre hitzige und temperamentvolle Diskussion vertieft, aber dann hielten sie inne, als sie bemerkten, dass Adriano und Nicolo betrübt am Tisch saßen. Sofort fragten sie, ob irgendetwas passiert sein. Adriano erzählte ihnen was mit Nicolo los ist und warum er derart deprimiert war. Ihre Gesichter wurden ernst, als sie Adriano erzählen hörten. Was für eine Tragödie! Sie mochten nicht in der Haut von Nicolo stecken; das war ja furchtbar. Arme Maria, armer Nicolo, dachten sie bei sich. Jeder versuchte Nicolo mit Worten zu trösten und ihn aus seiner Starre zu holen. Sie meinten es alle gut mit ihm und auch sie machte das Gehörte unendlich traurig. Doch, es musste weiter gehen, sie waren hier und hatten einen Vertrag mit der Firma, der eingehalten werden musste; egal was passiert. Ihnen war nicht wohl in ihrer Haut. Was, wenn bei ihnen zu Hause sich etwas ereignete und sie waren hier angebunden; konnten nicht heim zu ihren Familien? Weiter wagten sie gar nicht zu denken.

Franco ergriff das Wort, er war knapp 10 Jahre älter als die anderen und hatte schon Erfahrungen mit dem arbeiten in der Fremde. Er wusste, wie sich Nicolo jetzt fühlte. Hatte er doch schon solche Situation selber erlebt, als zwei seiner vier Kinder geboren wurden. Da konnte er auch nicht zu Hause sein. Doch beim ersten Kind musste es besonders schlimm sein, zum Glück war er damals bei seiner Frau und konnte ihr beistehen.

Er empfand tiefstes Mitleid mit Nicolo. Aber alles Mitleid half Nicolo nicht weiter und so sagte er zu ihm: "Ich verstehe was du durchmachst, aber schließe dich uns an und komme mit in das Rialto. Dort sind Freunde, die dasselbe erlebt haben wie du. Vielleicht können sie dir sagen, wie du am besten damit umgehen kannst und du kommst ein wenig unter Menschen. Du isolierst dich zu sehr, das macht alles noch schwerer. Glaube mir mein Freund, ich weiß wovon ich rede, habe ich es doch selber auch erlebt bei zwei von meinen Kindern. Die Gesellschaft von Freunden tut gut in jeder Situation."

Nicolo konnte sich dem Ratschlag des Freundes nicht entziehen und ging mit ihnen.

Franco hatte recht, kaum waren sie am Rialto angekommen, verspürte Nicolo so etwas wie Heimat. Es duftete schon wie zu Hause, denn die Chefin kochte jeden Tag die von allen heißbegehrten Spaghetti und eine weitere wohlschmeckende Speise aus der Heimat. Der Espresso, den Nicolo sich bestellt hatte, tat gut und die Gespräche der anderen brachten ihn für eine kleine Weile auf andere Gedanken. So hörte er auch, dass nicht alle in einem Wohnheim lebten, sondern privat untergekommen waren. Sie gingen nur noch zur Arbeit in die Fabrik. Die freundliche und charmante Art der Italiener machte es ihnen sehr leicht, mit der einheimischen Bevölkerung Kontakte zu knüpfen. Es kam sehr selten vor, dass jemand wirklich ablehnend zu ihnen war und ihnen das Gefühl gab, hier nicht willkommen zu sein. Die meisten Begegnungen mit Einheimischen verliefen positiv. Insbesondere mit den jungen Frauen, die sehr schnell Gefallen an den schwarz gelockten, immer fröhlichen und singenden Italienern hatte. Erstens waren die meisten junge, gut aussehende Burschen und zweitens waren sie von einem Temperament, das sie von den hiesigen Männern nicht kannten. Kaum stand ein halbes Dutzend von ihnen zusammen, wurde ein Fest daraus. Ihre leichte Art und ihre Kontaktfreude ließen sie schnell zu Freunden mit den Menschen von hier werden.

Doch, das war nur die eine Seite der Medaille. Waren sie unter sich, so wie jetzt im Rialto, dann kamen viele Sorgen und Probleme an das Tageslicht. Hier konnten sie ihr Herz ausschütten und sich ihren Kummer von der Seele reden, weil sie wussten, dass sie alle in demselben Boot saßen.

Einfach war es hier nämlich nicht für sie; alles war so anders als in der schönen Heimat. Wo die Familie war, die Sonne so heiß brannte, die Spaghetti so köstlich schmeckten, der Wein floss und wilder Jasmin seinen Duft verbreitete.

Die Abende am Meer........

Nicolo hatte Gelegenheit über das, was ihn belastete zu sprechen und jeder versuchte ihm Mut zu machen. Er war dankbar für jedes Wort. Vielleicht sollte er doch öfter hier her kommen, denn irgendwie fühlte es sich ein wenig wie Familie an. Jedenfalls empfand er es so und er merkte, dass es ihm gut tat. Es war spät geworden und die sechs Freunde machten sich auf den Weg um pünktlich zu sein., bevor der Pförtner das schwere Eisentor schloss. Sie duschten noch schnell nacheinander, denn sie hatten nur eine Dusche für alle zur Verfügung, um dann müde in ihre Betten zu fallen. Sogar Nicolo fielen sofort die Augen zu.

Er hatte Maria sofort auf ihren Brief geantwortet. Wie glücklich er über ihre Nachricht war und wie sehr er sich auf das Baby freute. Er machte ihr Mut, so, wie Fraco es ihm geraten hatte, damit sie nicht noch trauriger wird. Er schrieb ihr nicht, wie sehr er litt. Ein weiterer Brief war in der Zwischenzeit von seiner Mutter gekommen, in dem sie ihm mitteilte, dass es Maria den Umständen entsprechend gut geht und, dass alle sich rührend um sie kümmerten. Seine Mutter schrieb auch, dass Maria abends zum schlafen in das Haus ihrer Eltern ging damit sie über Nacht nicht alleine ist. So war immer jemand bei ihr und am Tag schaute jeder, der gerade Zeit hatte, bei ihr rein und half wo er konnte. So war Maria eigentlich nie allein. Und sie war dankbar dafür, denn alleine konnte und wollte sie nicht sein; zu traurig waren ihre Gedanken immer noch wenn sie an Nicolo dachte. Es war eine schlimme Zeit für sie.

Die Worte seiner Mutter hatten etwas beruhigendes für ihn und seine Gedanken drehten sich nicht mehr immer nur im Kreis. Es folgten viele Briefe und Nicolo war über alles, was sich bei ihm zu Hause ereignete, auf dem Laufenden. Pünktlich schickte er jeden Monat alles Geld, das er entbehren konnte, sodass sie keine Not leiden musste und alles kaufen konnte, was sie für das Baby benötigte. Das hätte er nicht gekonnt, wenn er im Dorf geblieben wäre. Da hätte er kein Einkommen und sie wären vollkommen auf ihre Familien angewiesen. So war es besser, konnte er doch seiner Frau etwas bieten, wenn auch der Preis dafür zu hoch war. Nicolos Gefühle fuhren Achterbahn, einmal war er zu Tode betrübt und ein anderes Mal voller Hoffnung, dass doch noch alles gut wird und er bald für immer zurückkehren konnte. Heute nun wollte er mit Franco ein paar Geschenke für Maria und das Baby kaufen. Ein Freund, der nach Sizilien fuhr, sollte sie mitnehmen und wenn der Zug an seinem Ort hielt, dann konnte sein Vater das Päckchen übernehmen. Schicken wäre viel zu teuer gewesen und wer weiß, vielleicht wäre es nie dort angekommen. Er freute sich darauf einkaufen zu gehen, auch, wenn es nur Kleinigkeiten sein würden. Sie machten sich auf den Weg und schnell fand Nicolo einen süßen, kleinen Strampler für sein Baby. Für Maria kaufte er eine Kette mit einem kleinen Kreuz. Silber war sie und er fand, dass sie sehr schön aussah und Maria sich sicher darüber freuen würde.

Zurück im Wohnheim wickelte er alles in schönes Papier und tat es in den kleinen Karton den er besorgt hatte. Morgen würde er sein Päckchen zum Rialto bringen, damit der Freund, der nach Sizilien fuhr, es mitnehmen konnte. Wie verabredet war der Freund zur Stelle und versprach gut darauf aufzupassen. Nicolo vertraute ihm. Gemeinsam tranken sie noch einen Espresso und Nicolo bat noch darum, seinem Vater einen Gruß zu bestellen."Versprochen", sagte sein Freund, „wenn ich zurück bin, dann erzähle ich Dir alles."

Sie verabschiedeten sich voneinander. Nicolo wünschte ihm noch eine gute Reise und dann ging jeder seines Weges.

Endlich war es soweit.

Der langersehnte Urlaub stand vor der Tür
und alle bekamen ihr Ticket um in die
Heimat zu fahren. Die sechs Freunde
waren außer sich vor Freude, denn für alle
war es der erste Heimaturlaub. Jeder
hatte eine Kleinigkeit für daheim gekauft
und in seinem Pappkoffer verstaut.
Gemeinsam fuhren sie zum Bahnhof. Der
Zug in Richtung Rom war bereits
eingefahren und sie suchten nach ihrem
Abteil. Wieder hatten sie ein Abteil für
sich. Doch diesmal stiegen sie mit einem
freudigen Gefühl in den Zug und machten
es sich auf ihren Plätzen gemütlich.
Nach Hause.......

Sechs Herzen schlugen im selben Takt!
,,Zurücktreten von der Bahnsteigkante'',
schnarrte die Stimme aus dem
Lautsprecher und schon setzt sich die
schwere Dampflok in Bewegung. Der Zug
ratterte und rumpelte, aber es war für sie

das Schönste, was sie sich in diesem Augenblick vorstellen konnten.

Ganz ruhig saßen sie auf ihren Plätzen. Jeder hing seinen Gedanken nach und hoffte, dass das alles kein Traum ist. Nein, es war kein Traum, denn wenig später kam der Schaffner herein um die Fahrkarten zu kontrollieren und mit seiner Zange ein Loch hinein zu knipsen. Danach wünschte er ihnen eine gute Fahrt und ging. Die Freunde verspürten eine bleierne Müdigkeit und versuchten ein wenig zu schlafen. Das gleichmäßige rattern des Zuges tat sein übriges; nach kurzer Zeit fielen alle in einen tiefen Schlaf. Sie erwachten erst wieder, als der Zug im Morgengrauen mit quietschenden Bremsen bremste. Wo waren sie ? Sie schauten hinaus und lasen auf dem Schild auf dem Bahnsteig -MILANO-. Es war früh am Morgen und die Stadt lag im Nebel. Alles sah so grau aus, fast wie in Deutschland.

Sie verspürten Hunger und Durst und alle packten ihren Proviant aus und begannen zu essen. So langsam erwachten ihre Lebensgeister und die Stimmung wurde zunehmend ausgelassener. Sie freuten sich auf zu Hause, obwohl noch eine lange Strecke vor ihnen lag. Noch ein paar Stunden bis Rom. Dort war Endstation für diesen Zug und sie mussten umsteigen. Das hieß, sie mussten sich einige Stunden in Rom die Zeit vertreiben, die Weiterfahrt, in Richtung Reggio Calabria- Sicilia- war erst um 21.00 Uhr möglich. Aber das war ihnen egal. Morgen Vormittag würden alle ihr Ziel erreicht haben.

Sie vertrieben sich mit einem Kartenspiel die Zeit und waren guter Dinge.

Nun war es nicht mehr weit bis Rom und sie packten ihre Sachen zusammen. Als erstes wollten sie eine Bar aufsuchen um einen Espresso zu trinken. Keiner von ihnen war jemals zuvor in Rom gewesen, denn auf der Hinfahrt hatten sie sich nur in der Bahnhofshalle aufgehalten. Sie hatten sich nicht getraut, sich vom Bahnhof zu entfernen. Die Monate in der Großstadt hatten sie mutiger werden lassen und ihnen mehr Selbstvertrauen gegeben. Aber, wer aus einem kleinen Dorf kommt, wo es so gut wie nichts gibt, geschweige denn hohe Häuser, U-Bahnen, Rolltreppen, Fernseher und so viele Menschen, für den ist die erste Begegnung damit auch zum fürchten. Sie hatten ja noch nicht einmal ein Telefon; das gab es nur im Pfarrhaus. Alles mussten sie erst einmal verdauen. Sie hatten schnell gelernt und fanden sich im Stadtgetümmel gut zurecht. Eine Bar war nicht schwer zu finden, gab es hier eine Bar neben der anderen. Denn auch in der Stadt tranken die Italiener ihren Espresso morgens in einer Bar bevor sie zur Arbeit gingen. Ein Stückchen Süßes dazu und fertig war das

Frühstück. Anschließend bummelten sie ein wenig durch die Straßen und bestaunten die Auslagen der Geschäfte. Viele schöne, aber auch teure Dinge gab es zu sehen. Sie kauften nichts, denn ,das Geld ,das sie bei sich hatten war für ihre Familien bestimmt. Darum gingen sie ja in der Fremde arbeiten. Langsam mussten sie zum Bahnhof zurückkehren, wenn sie pünktlich am Zug sein wollten. Den wollten sie auf keinem Fall verpassen. Am Bahnhof angekommen holten sie ihr Gepäck aus dem Schließfach und gingen zum Bahnsteig 9. Der Zug stand bereits dort und sie stiegen ein. Was war hier los? Sie schauten sich um und sahen, dass es Soldaten waren, die auch in den Ferien nach Hause fuhren. Armselig sahen sie aus in ihren schäbigen Uniformen, aber sie lachte, sangen und waren guter Dinge. So viele Mitreisende, die keinen Sitzplatz hatten und sich in den Gängen drängelten.

Da mussten sie nun durch wenn sie zu ihren Plätzen wollten. Schwierig, sehr schwierig mit ihrem Gepäck, aber sie schafften es. Leider hatten sich dort schon einige hingesetzt, die nun die Plätze wieder räumen mussten, aber sie hatten die Plätze reserviert und bezahlt. Die Männer verstauten ihr Gepäck und setzten sich auf ihre Plätze. Nur noch diese Nacht und morgen früh waren sie am Ziel.

Der Zug fuhr pünktlich um 21.00 Uhr ab und sie schauten aus dem Fenster. Nach wenigen Stunden erreichten sie die Bucht von Neapel. Was für ein Anblick, als der Zug die Kurve fuhr und die ganze Bucht von oben zu sehen war. Ein Lichtermeer und sie atmeten den Duft des Meeres als sie aus dem Fenster blickten.

– NAPOLI –

Irgendwer hatte einmal gesagt, Italien beginnt erst ab Napoli. Auf eine Art und Weise hatte derjenige Recht, denn die

Leute aus dem Süden unterschieden sich
schon von denen aus Norditalien. Nicht
nur im Aussehen.

Egal, sie genossen den Anblick und zum
ersten Mal seit langem stieg ihnen der
Duft des wilden Jasmin in die Nase.

Heimat, geliebte Heimat !

Nicolo und den anderen stiegen die Tränen
in die Augen und diesmal waren es bei
allen Freudentränen. Sie stimmten ein
altes Volkslied an und die Reisenden, die in
den Gängen saßen, sangen mit. Es war
eine wunderschöne Fahrt durch die Nacht;
keiner wollte heute schlafen.

Nicolo hatte ein dringendes Bedürfnis und
versuchte, sich durch die Menschen auf
dem Gang einen Weg zur Toilette zu
bahnen. Einige schliefen und er musste
über sie hinweg steigen. Vor der Toilette
saß eine junge Frau mit einem Baby im
Arm und an ihrer Seite hatte sich ein
kleines Mädchen an sie geschmiegt und

schlief. Das konnte nicht sein und so sagte er leise zu der Frau: „Signora, ich müsste dringend zur Toilette, aber wenn ich raus komme, dann kommen sie mit den Kindern in unser Abteil. Dort können sie die Kinder auf die Plätze legen und selber ein wenig ausruhen." Dankbar sah sie ihn an und erhob sich vorsichtig um das Baby nicht zu wecken. Die Kleine hatte Nicolo derweil gehalten damit sie nicht umkippt wenn die Mutter aufstand. Die Frau hielt nun ihre kleine Tochter so gut es ging und Nicolo konnte die Toilette betreten.

Als er rauskam, nahm er das kleine Mädchen auf den Arm und deutete der Mutter ihm zu folgen. Gemeinsam schafften sie den Weg zum Abteil und als die Freunde sahen, wen Nicolo mitbrachte, machten sie sofort ihre Plätze frei. Sie zogen jeweils zwei Plätze, die sich gegenüber befanden, auseinander und die Frau und ihre Kinder konnten sich hinlegen. Franco verschwand sofort mit seiner Zigarette auf den Gang. Zwei Plätze waren ihnen geblieben, die sie abwechselnd nutzten wenn sie nicht mehr auf ihren Beinen stehen konnten. Die anstrengende Fahrt machte sich jetzt auch bei ihnen bemerkbar. Drei Stunden noch und ich bin zu Hause dachte Nicolo bei sich. Sein Herz pochte laut vor Freude und auf einmal kam ihm der Rest der Fahrt so endlos vor......

10.15 Uhr

Pünktlich auf die Minute lief der Zug am Bahnhof ein. Nicolo war überglücklich. Er hatte schon, beim Blick aus dem Fenster, seine ganze Frau und die vielen Verwandten auf dem Bahnsteig gesehen. Schnell wünschte er den Freunden eine gute Zeit in ihrem Dorf und dann hielt ihn nichts mehr. Er eilte zur Tür und sprang mit samt seinem Koffer aus dem Zug.

Fast wäre er noch auf die Nase gefallen, aber er konnte sich gerade noch fangen. Nicolo ließ seine Koffer stehen und rannte geradewegs in die Arme seiner Frau. Wie war das schön, sie wieder zu spüren und noch etwas spürte er, ihren gewölbten Babybauch. Seine Hand wanderte zu ihrem Bauch um ihn zärtlich zu streicheln. Beide hatten Tränen in den Augen und konnten vor lauter Freude kein Wort heraus bringen; so glücklich waren sie in diesem Moment. Nun kamen auch alle anderen dazu um Nicolo in die Arme zu schließen. Oh, wie er sie alle vermisst hatte in den vergangenen Monaten. Aber jetzt wollte er nicht mehr daran denken und nur die Liebe und Geborgenheit die er hier bei ihnen fühlt, genießen. Sein Bruder hatte seinen Koffer geholt und so nahm er seine Maria an die Hand und alle gingen langsam zum Haus von Maria und Nicolo. Ja, denn Nicolo sollte als erstes, nach der langen Abwesenheit, sein Haus betreten, denn in der Zwischenzeit hatte Maria es mit sehr viel Liebe verschönert. Eine kleine Bank stand vor dem Haus die der Vater von Maria selber zusammen gebaut und angemalt hatte und ein kleiner, bunter Blumengarten schmückte das Ganze. Der alte Olivenbaum warf seinen Schatten auf die Bank, sodass man immer hier sitzen konnte, auch wenn die Sonne noch so heiß brannte.

„Komm", sagte Maria, „lass' uns hineingehen. Wir haben etwas vorbereitet für Dich, als kleine Begrüßung; morgen wird es dir zu Ehren ein großes Fest geben, aber heute bleiben wir für eine Weile nur mit unseren Familien zusammen."

Alle gingen hinein und setzen sich an den großen, liebevoll gedeckten Tisch. Es gab Kaffee und selbstgebackenen Kuchen. Und wer wollte konnte sich von den frischen Früchten nehmen, die ebenfalls auf dem

Tisch standen.

„Ich weiß, du bist müde nach der langen Reise, mein Sohn und deshalb wollen wir hier nur für einen Moment bleiben um die ersten Minuten deiner Heimkehr mit dir zu verbringen. Übermorgen feiern wir mit dem ganzen Dorf und es wird ein großes, prächtiges Fest werden..

Wir lieben dich, mein Junge", sagte sein Vater noch und wischte sich verstohlen eine Träne von der Wange.

Die Worte seines Vaters berührten Nicolo sehr und er stand auf um ihn in die Arme zu schließen und ihm einen schmatzenden Kuss auf beide Wangen zu geben.

Laut sagte Nicolo."Danke , Vater, auch ich liebe euch alle und nun lasst uns etwas essen und trinken," wobei er über das ganze Gesicht strahlte.

Er ging zurück an seinen Platz neben seiner Frau und legte seinen Arm um sie. Maria war so glücklich wieder mit Nicolo vereint zu sein. Sie trank nur etwas von dem Wasser, da sie den Kaffee in ihrem Zustand nicht mehr vertrug und essen konnte sie vor lauter Aufregung auch nicht. Aber sie war überglücklich.

Wie der Vater am Tag seiner Rückkehr angekündigt hatte, wurde zwei Tage später ein großes Fest gefeiert. Alle waren gekommen um den verlorenen Sohn zu feiern. Die Musik spielte, es wurde gegessen und getanzt; ja, selbst der Pfarrer war erschienen. Alle hatten ihren Spaß und Nicolo musste immer wieder erzählen, wie es in der Fremde ist. Um niemandem das Herz schwer zu machen, flunkerte er ein wenig und berichtete nur das Gute; seine Gefühle ließ er außen vor. Er dachte an das, was Franco ihm vor nicht allzu langer Zeit geraten hatte und als Maria ihn zu einem langsamen Tanz aufforderte waren alle negativen Gedanken wie weggeblasen. Mit seiner Frau im Arm vergaß er alles um sich herum und nur ihr Herzschlag und die leisen Töne der Musik drangen an sein Ohr. Alle blickten auf das glückliche Paar, das sich im Tanz drehte und die Welt um sich herum vergessen hatte. Auf einmal musste Nicolo lachen. Hatte sich da soeben etwas bemerkbar gemacht? Deutlich hatte er leichte Bewegungen an seinem Bauch verspürt. Auch Maria lachte und sagte: Unser Kind tanzt mit."

Sofort verkündete Nicolo es mit lauter Stimme den Gästen, dass er sein Baby strampel gespürt hat beim tanzen. Sie lachten, klatschten und jubelten vor Freude. Es war ein wunderbare Nacht, ein so wunderschönes Fest unter dem klaren Sternenhimmel......

....und über allem lag der Duft des wilden Jasmin.

Tage voller Glück und Harmonie vergingen. Maria ging es gut, auch, wenn ihr Bauch manchmal etwas im Weg war.

Drei Monate noch und das Kleine würde das Licht der Welt erblicken. Was es werden würde, dass wussten sie nicht, Mädchen oder Junge, das war ihnen egal, wichtig war nur, dass es gesund ist. Beide freuten sich sehr auf das Baby.

Obwohl Nicolo dann bereits wieder in der Fremde war und nicht bei der Geburt dabei sein konnte. Aber daran dachten sie in diesen gemeinsamen Tagen nicht.

Mammas Spaghetti waren die besten der Welt. Der Duft stieg Nicolo schon beim betreten des Elternhauses in die Nase. Es war der Abend vor seiner Abreise in die Fremde. Die Ferien waren vorbei und noch einmal versammelten sich alle bei Nicolos Eltern. Maria wirkte gefasst und ließ sich ihre Gefühle nicht anmerken. Sie wollte Nicolo den Abschied nicht noch schwerer machen, als er schon war. Sie wusste genau, was in ihm vorging und, dass es in der Fremde nur gut war, das hatte sie ihm auch nicht geglaubt, als er das sagte. Es war eine etwas beklemmende, stille Stimmung als alle am Tisch saßen.

Der Tag der Abreise war gekommen und Nicolo und sein Vater gingen zum Bahnhof. Maria war diesmal nicht mit gekommen um ihn zu verabschieden. Ihre Mutter hatte gemeint, es ist besser so, denn es würde sie zu sehr aufregen und könnte dem ungeborenen Kind schaden oder sie könnte es sogar verlieren. Sie waren auf sich selbst gestellt, denn einen Arzt oder eine Klinik gab es hier weit und breit nicht. Maria hörte auf den Rat ihrer Mutter, denn auch sie wollte dem Kind in ihrem Bauch keinen Schaden zu fügen. Für Nicolo war es auch besser so, dass Maria nicht mit zum Bahnhof kommt, denn er hatte nicht vergessen, wie schwer ihnen der Abschied beim ersten Mal fiel.

Der Zug rollte langsam und dampfend im Bahnhof ein. Aus einem der Abteilfenster sah Nicolo den Kopf von Franco, der nach ihm Ausschau hielt. Alles sechs Freunde fuhren gemeinsam zurück. In die Fremde. Sie nannten Deutschland noch immer -die Fremde-, weil sie noch so empfanden. Nicolo nahm seinen Vater noch einmal in die Arme und küsste ihn sanft auf die Stirn. Dann stieg er, ohne sich noch einmal umzusehen, in den Zug und ging zu seinem Abteil wo die anderen fünf Freunde bereits auf ihn warteten. Eine große Begrüßung erfolgte und jeder wollte als erster von zu Hause erzählen.

Der Pfiff zur Abfahrt ertönte und die schwere Lok setzte sich unter lautem stöhnen in Bewegung.

Sie fuhren bis Rom um dann in den Zug nach Hamburg umzusteigen. Diesmal hatten sie kein mulmiges Gefühl, denn nun kannten sie die Strecke und wussten, wohin sie mussten.

Von Rom aus fuhren sie die Nacht hindurch und kamen dann so gegen Mittag in Hamburg an. Sie nahmen ihr Gepäck und gingen zur U-Bahn, die sie in einer knappen halben Stunde fast bis vor das Fabrikgelände brachte.

Da waren sie also wieder. Die vier Wochen Urlaub waren viel zu so schnell vergangen. Doch noch waren sie alle guter Stimmung und hatten sich sehr viel zu erzählen. Zum Glück hatten sie noch das Wochenende vor sich um sich auszuruhen von der Fahrt, denn ihre Arbeit war anstrengend und sie mussten schnell sein um den Akkord nicht zu brechen; denn dann würde weniger Geld in die Lohntüte fließen. Sie beschlossen am Samstag in das Rialto zu gehen um die anderen zu sehen und ihnen von ihrem Heimaturlaub zu berichten.

...und so machten sie es auch.

Montag

Heute fing nun die Arbeit wieder an und die Tage verliefen immer in demselben Trott. Die einzige Abwechslung waren die Briefe von Daheim und der Besuch im Rialto am Samstag. Ansonsten waren sie auch nach der Arbeit viel zu müde um noch irgendetwas zu unternehmen. Auch mussten sie alle sparsam mit ihrem hart verdienten Geld umgehen, da sie es ja für ihre Familien benötigten. Sie hatten sich mit ihrer Situation arrangiert und waren nicht unzufrieden.

Der Herbst kam und die Geburt seines Kindes rückte näher. Die freundliche Sekretärin hatte erlaubt, dass der Pfarrer bei ihr anrufen darf, wenn sein Kind geboren ist. Sie wollte ihm dann sofort die Nachricht mitteilen. Nicolo stand unter Strom in diesen Tagen.

In der Mittagspause trafen sich die immer um gemeinsam ihr mitgebrachtes Essen zu

essen. Mit der Kantine würden sie nie
Freund werden und so bereiteten sie sich
am Abend auf der kleinen Kochplatte
immer ihre warmen Mahlzeiten.

So saßen sie auch heute beieinander, aßen
und plauderten, als sie in der Ferne die
Sekretärin über den Hof laufen sahen. Sie
lief direkt auf die Männer zu und kam mit
hochrotem Kopf bei ihnen an.

,,Nicolo, Nicolo, du bist Vater geworden. Es
ist ein Junge!" schrie sie vor Aufregung
ganz laut.

Nicolo vergaß alles und schnappte sie die
Sekretärin um sie wild im Kreis herum zu
wirbeln. Alle lachten und führten ein
Tänzchen auf. Was für ein Grund zur
Freude. Sie lagen sich in den Armen und
fühlten sich, als ob jeder Einzelne von
ihnen gerade Vater geworden war. So sind
sie, die Italiener, sie teilen Freude und
Leid. Es ist ihre wunderbare Mentalität,
 die diese Menschen so sympathisch macht

114.

Die Sekretärin schnappte nach Luft als Nicolo sie wieder auf den Boden stellte. Sie lachte und gratulierte ihm von Herzen. Dann ging sie zurück an ihren Schreibtisch. Nicolo war froh, dass das warten eine Ende hatte und alles gut gegangen ist. Maria und seinem Sohn ging es gut und das war das wichtigste, alles andere würde sich finden.

Zwei Wochen später bekam Nicolo einen Brief mit einem Foto von seinem Sohn und Maria schrieb, dass sie den Jungen Nicolo nennen wollte; er sollte den Namen seines Vaters bekommen. Nicolo war tief berührt, denn über einen Namen hatten sie sich gar keine Gedanken gemacht als er im Urlaub zu Hause war. Aber wenn Maria es so wollte, dann war er einverstanden. Er schrieb ihr einen Brief in dem er es ihr mitteilte. Nur, mit der Taufe sollte sie bitte so lange warten, bis er wieder bei ihnen sein wird. Maria war einverstanden.

Normalerweise wird ein Kind kurz nach der Geburt getauft, aber dieses war eine Ausnahmesituation und der Pfarrer hatte Verständnis für ihren Wunsch.

Briefe gingen hin und her und Nicolo war immer über alles informiert,was mit zu Hause los war. Kurz vor Weihnachten bekam er nochmals ein Foto von seinem Sohn und eines, auf dem Maria mit dem Kleinen zu sehen war. Nicolo freute sich darüber.

Weihnachten, das erste Weihnachtsfest, das er nicht im Kreise seiner Familie erleben würde. Besonders schlimm war für ihn, dass es auch das erste Weihnachtsfest für seinen Sohn war und er ihn noch nie in den Armen gehalten hatte. Nur nicht zu viel darüber nachdenken, dachte er bei sich selber, das Jahr ist schnell vorüber und dann fahre ich für immer heim.

So dachte er........

Doch das Schicksal mischt die Karten !

Maria und Nicolo ahnten zu diesem
Zeitpunkt nicht, dass es für Nicolo kein
zurück für immer im nächsten Jahr gab.

Es gab in seiner Heimat keine Arbeit für
ihn und aus einem Jahr wurden zwei
Jahre, dann drei Jahre.....
Bevor Nicolo für immer in die Heimat
zurück fahren konnte, vergingen über 20
Jahre.
Maria hatte ihm 4 Kinder geboren. Zwei
Geburten konnte Nicolo mit erleben, da
die Kinder im Sommer, als er im Urlaub
zu Hause war, geboren wurden.
Nie sah er die ersten Schritte seiner
Kinder, nie hörte er das erste Wort aus
ihrem Mund,.....
Nur in der kurzen Zeit wenn er Urlaub
hatte konnte er seine Kinder in die Arme
nehmen und ihnen seine Liebe schenken.

Es schmerzte ihn sehr, wenn eines der Kinder fremdelte wenn er kam, aber sie kannten ihn ja kaum und so war es nicht verwunderlich. Als sie schon größer waren

119

bekam er regelmäßig Briefe von ihnen mit selbst gemalten Bildern und vielen Herzen darauf.

Schmerzvolle Jahre, Jahre der Einsamkeit und der Entbehrungen, Jahre der Trauer im Herzen.

Zum Glück hatte Maria alles gut im Griff und nach wie vor die Unterstützung aller Familienmitglieder.

Es waren genau 23 Jahre vergangen, als Maria schrieb, komm zurück; ich habe genug Geld beiseite gelegt, es reicht für den Rest unseres Lebens. Du brauchst deinen Vertrag nicht mehr zu verlängern. Komm endlich heim im nächsten Frühjahr, für immer.

Nicolo las den Brief immer wieder. Dicke

Tränen tropften auf das Papier und er hatte Mühe, die verwischten Worte zu lesen.

Dieser Brief von Maria war Himmel und Hölle zugleich für ihn. Alles, was sich in den ganzen Jahren bei ihm angestaut hatte, brach auf einmal hervor.

Er weinte hemmungslos......

Am 28. März stieg Nicolo zum letzten Mal in den Zug, der ihn nun für immer in die Heimat bringen würde.

Er war ein gebrochener Mann und fühlte sich müde und kraftlos.

Heimat ist, wo das Herz ist,.

Wenn dein Herz nicht mit auf Reisen geht, dann wirst du in der Fremde immer ein Fremder sein, ohne Rast und ohne Ruh. Du suchst und findest nicht. Du bist wie ein Schiff ohne Ankerplatz.

Nicolos Herz war alle die Jahre in der Fremde zu Hause geblieben.

Zu Hause in seinem kleinen Dorf, wo jeder jeden kannte, wo die Familie war, die Freunde und seine geliebte Maria und die Kinder.

Sein erstgeborener Sohn war mittlerweile bereits 22 Jahre alt und hatte zum Glück im Nachbardorf eine Arbeit gefunden.

Seine beiden Töchter hatten beide die Schule beendet lebten zu Hause bei der Mutter.

Der Jüngste, Angelo, ging noch zur Schule.

Wenigstens ihn konnte er noch ein wenig durch seine Kindheit begleiten und Nicolo malte sich aus, was er alles mit ihm unternehmen würde.

Der Zug ratterte unentwegt weiter und brachte ihn der Heimat näher.

Maria, seine Frau, die er schon kurz nach der Hochzeit verlassen musste, wie sehr liebte er sie. Sie war ihm immer treu und den Kindern eine gute Mutter.

Auch Nicolo hatte den geschworenen Eid, das Versprechen der Treue gegenüber Maria, niemals gebrochen.

Er konnte reinen Herzen und Gewissen nach Hause zurückkehren.

Müde war, so unsagbar müde und die Augen fielen ihm zu.

Erst eine Hand an seiner Schulter, die ihn leicht rüttelte, ließ ihn aus seinem Schlaf erwachen.

Er blickte in die Augen seines Vaters.

...und in der Luft lag der Duft des wilden Jasmin.

Spaghetti Calabrese

1 Wurzel/Möhre

1 Stange Sellerie

1 Knoblauchzehe

1 Teelöffel Zucker

1Esslöffel Kapern

2 Esslöffel Olivenöl

25 g Parmesan

400 g Spaghetti

10 Zweig(e) Basilikum

Salz, Pfeffer

Guten Appetit